Loin de la terre surgit le monde

Du même auteur

Seul face au large. Mon Vendée Globe en 100 mots, Glénat, 2017.

Capturer le large. Les marins racontent, Glénat, 2016.

10e Route du Rhum. Les héros de l'Atlantique, Glénat, 2014.

Voile spectaculaire, Glénat, 2014.

La Face cachée d'Air France, Flammarion, 2010.

Les Rois du large. 40 éditions de la solitaire du Figaro, Glénat, 2009.

Le Tour du monde de tous les extrêmes. Dix jeunes marins dans la Volvo Ocean Race, en collaboration avec Sébastien Josse, Glénat, 2007.

Actualité de la démocratie athénienne, entretiens avec Jacqueline de Romilly, François Bourin éditeur, 2006.

Les Fossoyeurs de l'Europe, François Bourin éditeur, 2005.

Fabrice Amedeo

Loin de la terre surgit le monde

PLON
www.plon.fr

92, avenue de France
75013 Paris
Tél. : 01 44 16 09 00
Fax : 01 44 16 09 01
www.plon.fr
www.lisez.com

Mise en pages : Nord Compo
Dépôt légal : octobre 2020
ISBN : 978-2-259-28404-2

À Charlotte, Joséphine,
Louise, Garance

« La terre nous en apprend
plus long sur nous que tous les livres.
Parce qu'elle nous résiste.
L'homme se découvre
quand il se mesure avec l'obstacle. »

Antoine de Saint-Exupéry,
Terre des hommes

Prologue

« Ne cherche pas les limites de la mer. Tu les détiens. Elles te sont offertes au même instant que ta vie évaporée. »

René Char[1]

Plage de Kerbihan, située à la sortie du chenal du port. À quelques encablures, en regardant vers le sud, j'aperçois la balise rouge du Treho. Je me souviens, quelques années auparavant, avoir largué les amarres pour mon premier tour du monde et m'être dit « ça part de là » en la dépassant. Je me rappelle aussi, quelques mois plus tard, en la laissant sur mon bâbord, ce sentiment d'être revenu à la maison comme un fils prodigue qui pousse la porte du domicile familial de retour du front ou d'une grande aventure.

1. « Le rempart des brindilles ».

Dans la brume du crépuscule, en ce soir de juillet 2020 à La Trinité-sur-Mer, je devine les collines de sable de l'île de Houat et, derrière, des ombres qui semblent s'évaporer dans le ciel, tel un mirage en plein désert : les contours de l'île de Hoedic. Et au-dessus de ma tête, cette voûte bleue qui va bientôt virer au rouge, à l'orange puis au rose telle une peinture de Claude Monet. Il n'y a pas âme qui vive. Je suis seul et le temps paraît suspendu. Je pourrais être au large, au sommet d'une montagne, au milieu d'un désert. Je suis pleinement, face au cosmos, comme connecté au monde, au vrai, loin de celui des terriens.

Assis sur les galets en surplomb de la plage, je porte les dernières touches à ce livre tel un élève qui rendrait sa copie d'examen avant de s'échapper pour l'été. Pourtant, je ne pars pas en vacances. Dans quelques semaines, je ferai le tour du monde. Le tour de la planète, en solitaire, sans escale et sans assistance : le Vendée Globe. Le Graal pour tout marin, un Everest personnel même quand il s'agit d'une deuxième fois. Une ascension délicate et périlleuse avec la descente de l'Atlantique, l'océan Indien et ses successions de dépressions, sa mer chaotique, le Pacifique Sud et l'angoisse d'être à une semaine des premiers secours en cas de problème, ces régions inhospitalières en bordure de zone des glaces, peuplées uniquement de pétrels et d'albatros. L'euphorie d'atteindre le sommet avec le franchissement du cap Horn, puis une redescente du point culminant de l'aventure avec la remontée de l'Atlantique, la sortie des mers du Sud, les températures qui regrimpent, et cette longue ligne droite dans les alizés, vers la maison.

Depuis la disparition de Gerry Roufs dans le Pacifique Sud en 1996, cette course n'a plus été endeuillée. On n'en prend pourtant pas le départ avec légèreté : imaginer trois mois ou plus seul sur son bateau est vertigineux. La perspective des mers du Sud est très excitante mais inquiétante aussi. Et un deuxième départ pour le summum de sa vie n'atténue pas ce sentiment d'ouvrir une très grande page à ses risques et périls, celle d'aller naviguer là où l'Homme ne va pas.

Au contraire. Après avoir autrefois appareillé avec l'insouciance du débutant, maintenant je sais. Je sais à quoi m'attendre. Je sais la touffeur du soleil d'alizé dans ma coque de carbone. Je sais la brûlure des embruns glacés quand le GPS indique une chute inexorable des latitudes : 40° sud, 50° sud, jusqu'à 57° sud pour passer le cap Horn. Je sais la fatigue, le doute, la douleur, les larmes quand, loin de tous, il faut s'accrocher à son rêve et à son objectif de rentrer chez soi, sans perdre de vue celui de faire avancer son bateau le plus rapidement possible.

Ce livre n'est pourtant pas un testament laissé aux terriens ou à mes proches, mais une déclaration d'amour à l'océan. Car l'océan m'a tout donné. Telle une femme dont je serais amoureux, il me fait vibrer, il me fait rêver, il se fait désirer, il me met à l'épreuve, il me fait souffrir aussi. Et tel le regard de l'être aimé qui vous ferait soulever des montagnes, ses récompenses distillées au fil des milles parcourus – une accalmie dans la tempête, un coucher de soleil après des heures difficiles – comptent parmi les meilleurs moments de mon existence. J'ai appris à vivre avec cet amour en moi aux côtés de celui, inconditionnel, que je voue à ma femme, à mes enfants ou à mes parents. J'ai appris à composer avec cette exigence d'ailleurs, cette envie paradoxale de toujours repartir à peine revenu.

Ce besoin mystique qui ne saurait être réduit à une ambition sportive, à une volonté de confrontation sur l'eau, j'ai vite compris qu'il faisait de moi quelqu'un de différent et qu'il allait falloir vivre avec lui et, mieux – ou pire –, le nourrir. Quand, enfant, je dessinais le bateau de mes rêves pour voguer autour du monde sur les océans.

Quand, étudiant, je regardais par la fenêtre de ma salle de classe et m'évadais au large par l'imagination, moi qui désirais l'océan comme les bras d'une fiancée dont la distance renforçait le désir. Quand, jeune journaliste au *Figaro*, je rédigeais à la hâte mes feuillets quotidiens pour ensuite me consacrer à la seule chose qui me faisait vibrer et avancer : préparer le prochain départ. J'ai toujours été un peu à l'écart des lieux où j'ai grandi et évolué. Toujours, le regard tourné vers l'ailleurs et l'envie de partir au large gravée en moi.

À l'arrivée de mon premier tour du monde, une personne inconnue eut des mots qui ne se perdirent pas dans le tourbillon du flot verbal d'anonymes qui rebondissait sur moi sans m'atteindre, après tant de temps loin des terriens. Ils me marquèrent. « Je ne sais pas comment vous faites pour partir seul sur les océans, si longtemps. J'aurais peur du vide. » J'en ressentais un immense sentiment d'incompréhension, comme si le large que j'aimais parcourir lui était autant étranger qu'une vie de terrien et l'acceptation d'une existence calme et tranquille le seraient pour moi.

Car, à mes yeux, tout au contraire, le large est l'expérience du plein par opposition au vide de notre société urbaine. Au large, je n'ai jamais eu la sensation de m'assécher, de me dessécher, mais au contraire de m'emplir. Je n'ai jamais eu le sentiment de chuter mais de m'élever. De quitter ce monde que l'on dit hyperconnecté alors que nos smartphones et autres ordinateurs ne sont qu'illusions, pour me lier à l'essentiel. Ou alors, pourquoi l'appelle-t-on le « large », si ce n'est pour signifier cette accession à autre chose et cette dilatation de l'âme ?

J'ai poursuivi des études littéraires en espérant trouver des réponses à mes questions les plus profondes mais c'est bel et bien l'océan qui m'en a apporté le plus. J'ai longtemps cru découvrir le Monde, Dieu, la Nature, la Mort en compulsant des ouvrages philosophiques. Là-bas, si loin, j'en ai expérimenté physiquement la réalité.

Quelle plus belle expérience de la Nature et du Monde que les crépuscules derrière les cumulus dans le ciel alizéen ? Ou cette lumière si particulière des ciels de traîne en Bretagne, ces nuances de gris dans une dépression australe. Au large, l'expérience esthétique dépasse toutes les considérations métaphysiques et permet de vivre l'univers, dans sa chair, de sentir ses palpitations et parfois même de toucher l'Être. Quel instant plus proche de la mort que ces moments en pleine nuit à l'avant du bateau qui file, poussé de vague en vague, et ce grand trou noir de l'océan à quelques centimètres de moi, de l'autre côté de la filière, donnant l'impression d'être le néant qui me guette et m'attend en cas de faux pas ?

La question de cette personne méritait une réponse. Elle m'a donné envie de braver le silence auquel me condamnait depuis des années la puissance des expériences vécues. J'ai voulu apporter ma part de lumière au mystère du large et des océans qui angoisse les terriens. Un départ pour un nouveau tour du monde en solitaire me semblait l'occasion. Avant de larguer les amarres pour là-bas, pour les mers du Sud, pour cet ailleurs radical dont je rêve chaque nuit, j'ai tenté de partager mes plus beaux couchers de soleil, dont celui vécu un jour dans l'Atlantique Sud, qui a changé ma vie. J'ai voulu partager cette reconnexion essentielle au monde, au vrai, qu'offre le large, et cet exil loin des terres surpeuplées, chaque jour plus hystériques, plus mercantiles, prisonnières de l'illusion d'être connectées à tout mais finalement à rien si ce n'est à sa propre vacuité. J'ai rêvé de dévoiler ce qui fait la puissance de nos aventures sur les océans et, d'une certaine manière, expliquer pourquoi je pars. Et pourquoi je sais déjà que je continuerai à partir… avant même d'être revenu.

1

L'appel du large

« Fuir seul vers le seul. »

Plotin

Partir à l'aventure sur les océans. Au-delà du plaisir que j'y prends, l'idée même est séduisante. Partir, c'est quitter la terre, ses repères mais aussi ses ennuis. C'est changer de monde : abandonner celui du prévisible, de l'enchaînement linéaire des événements, de toutes les médiations hystériques et agressives de notre vie terrienne – les chaînes d'informations, les réseaux sociaux. Partir, c'est s'ouvrir à l'inconnu, à l'imprévisible. Quand je m'échappe, j'ai l'impression de lâcher prise, de renoncer à ma maîtrise du cours des choses, de retrouver mon statut d'être isolé au sein de l'immensité de l'univers. En rompant avec le sol, j'ai aussi le sentiment de changer de manière d'être au monde. Je suis dans une disposition d'esprit différente qui permet à l'exceptionnel de surgir. Je renoue également avec une forme de dénuement, sors de l'immersion dans les choses propres à la vie mondaine. Chaque fois que je me libère du monde habité, j'ôte les oripeaux de notre société d'accumulation matérielle – dans laquelle je vis d'ordinaire très bien – et redécouvre qu'une autre voie est possible, celle d'un rapport plus authentique à l'univers. Au fond, surgit la possibilité d'une autre expérience du monde.

Tous ces ingrédients, qui font la magie du vivre en mer, se trouvaient déjà dans l'appel du large que j'ai ressenti dès mon plus jeune âge. J'ai en effet toujours eu l'envie de partir, gagné par le sentiment d'être bien, mieux, même, sur l'océan, loin des côtes. Certains enfants sont différents car habités par un don. Moi, je n'avais aucun don mais quelque chose de différent : un irrépressible désir de voyager sur l'eau, loin, là où personne ne va. Mais qu'est-ce qui m'appelait ? Je me le suis souvent demandé. Est-ce le fait que l'océan est un ailleurs lointain ? Ou est-ce cette montée d'adrénaline dans l'affrontement avec la nature ? Est-ce la solitude ? Je dirais : rien de tout cela et tout cela à fois. Au fil des milles parcourus, je suis en effet arrivé à la conviction que le large est autant un environnement extérieur hostile qu'un concept métaphysique qui s'éprouve en soi. Le large est tout autant une réalité géographique qu'un état de l'âme. Il permet au parcours sur les eaux de ne faire qu'un avec une cartographie de l'intime.

Pour nous autres, navigateurs, les aventures océaniques dépassent les sillages individuels, la liste des joies, des peines, des fortunes de mer, car elles autorisent de toucher à quelque chose d'essentiel. Croire que nos traversées se limitent à des manœuvres périlleuses sous les embruns à l'avant de nos bateaux, à des calculs savants de trajectoires, reviendrait à passer à côté du sens profond de ce que nous faisons et qui nous anime. Nous quittons la terre pour voyager seuls face à et avec nous-mêmes. Nous parcourons les océans afin de braver l'hostilité de régions où l'Homme ne va pas. Il n'y a rien de plus fort que le puissant sentiment de solitude éprouvé à proximité du point Nemo dans le Pacifique Sud, ce point de la surface des océans le plus reculé de toute terre. C'est une excitation et une angoisse à la fois. C'est le sentiment d'être arrivé à l'acmé du voyage mêlé à l'angoisse d'un incident ou d'une tempête qui devraient être affrontés seul. Loin de tous, il nous faut gérer la solitude, adopter, dompter même un nouveau rapport au temps qui passe, hors de la civilisation. L'aventure océanique est tout à la fois voyage intérieur et quête métaphysique. Une quête de la plénitude ressentie face à la majesté du cosmos. Un sentiment de ne faire qu'un avec le grand tout. Sentir la palpitation du monde autour de nous et en nous vaut toutes les drogues.

« L'aspect physique du pays avait sa contrepartie en moi. Les pistes que je suivais conduisaient – quant à l'extérieur – vers des collines, dans des marais, mais elles menaient aussi à l'intérieur de moi-même. L'étude de ce que j'avais à mes pieds, la lecture, la réflexion entraînaient une forme particulière d'exploration où le pays et ce que j'étais se rejoignaient[1] », écrit John Haines, qui avait tout quitté en 1947 pour s'installer dans une cabane en Alaska où il passa vingt-cinq années. Lui décrit, ici, le moment où s'abolissent les frontières entre soi et le monde, le moment de reconnexion complète à l'univers. Moi, le large je le vis comme un seuil, comme un accès à autre chose. Une autre manière d'être comme en accès à l'Être.

Le large est donc plus que l'océan. Plus que des crépuscules à couper le souffle, des lumières

1. John Haines, *Vingt-cinq ans dans la solitude* (*The Stars, The Snow, the Fire : Twenty-five Years in the Alaska Wilderness*, 1989), Gallmeister, 2016.

magiques quelles que soient les conditions météorologiques : le rouge du coucher de soleil par temps clair, le bleu électrique du ciel de traîne, le gris foncé du front chaud dans une dépression. Pour beaucoup de terriens, il reste néanmoins un ailleurs inconnu et fantasmé, un endroit aux contours imprécis qui se cache derrière une ligne d'horizon lointaine, observée depuis une plage ou une falaise. À les en croire, pour percer tout son sens, il suffirait de partir des côtes, de s'en éloigner à une certaine distance jusqu'à perdre de vue tout rivage et d'ouvrir les yeux afin d'observer l'immensité océanique en mouvement. La plume de Robert Frost l'a dit dans un poème : le regarder depuis la terre ne suffit pas, il faut y aller.

Les gens le long des plages
Se tournent et regardent tous du même côté ;
Ils tournent le dos à la terre
Et regardent la mer toute la journée
[...]
Ils ne peuvent regarder bien loin,
Ils ne peuvent regarder bien profond ;
Mais ceci n'a jamais fait obstacle
À leur contemplation.

Certes, il faut s'y rendre pour l'éprouver. Mais encore faut-il, là-bas, savoir voir, sentir, ressentir.

Et appréhender l'amplitude du sens des mots. La langue française offre deux possibilités pour exprimer la situation lointaine des côtes : « le large » et la « haute mer ». Des termes qui, à eux seuls, disent plus que la réalité géographique. Car pourquoi parler de « haute mer » afin de désigner un lieu précisément à l'altitude zéro de la planète si ce n'est en vue de traduire l'élévation de l'âme ? Pourquoi recourir au mot « large », si ce n'est pour traduire une dilatation de la pensée et un accès à autre chose ? On aurait en effet très bien pu choisir de parler de « mer lointaine ». Mais non, le marin « part au large ».

Et l'on retrouve cela dans bien des langues. En anglais, on dit ainsi *high seas*, ou *out to sea*. En allemand, *Hochsee, hoch*, en plus de la hauteur, renvoyant à ce qui est puissant et élevé. Partir au large, c'est donc prendre de la hauteur, s'élever spirituellement, gravir une montagne qui n'est pas géologique ou géographique mais symbolique. Cela revient à se hisser vers une meilleure connaissance de soi-même, dans le but d'acquérir une meilleure vue sur le monde. En tahitien, l'océan se dit *Moana* mais le large *Tua*. Or *Tua* signifie également « la foule », « être nombreux ». Drôle d'homonymie entre un espace d'aventure lié à la solitude et une foule. Le point commun entre les deux ne serait-il pas le plein ?

Le large est davantage que la simple observation de l'océan, de la ligne d'horizon. Il ne se révèle pas comme on découvrirait une contrée lointaine. Il ne s'observe pas comme un pays que l'on visite. Le large n'a rien d'une notion cartographique ou géographique, il est métaphysique. Et, dès lors, nous dépasse, nous enveloppe, nous englobe. Pour le voir, ce n'est pas autour de soi qu'il faut regarder, mais en soi. Il s'éprouve, se vit dans sa chair, s'expérimente dans ses tripes.

Le large commence évidemment à l'instant où la côte disparaît, moment où l'horizon s'élargit et où il est possible d'en contempler la ligne à 360 degrés autour de soi. Il devient l'espace de la douleur. Les yeux abattus de fatigue à la barre du bateau, les mains meurtries par le sel et l'effort qui hissent une voile sous les embruns, le corps endolori après une manœuvre périlleuse dans la nuit noire et froide, les veines qui apparaissent au coin de la tempe quand l'effort s'est transformé en routine après plusieurs jours de mer et que le manque de sommeil se fait souffrance lancinante… aucun doute, le large fait mal.

Lorsque, durant ma première nuit de Route du Rhum, à l'automne 2010, je me retrouve à devoir écoper près de 500 litres au fond du bateau suite à la rupture d'un ballast, j'ai froid, le ciel est noir, la fatigue sclérose mes muscles. Et un frisson me gagne en comprenant que, devant mon étrave, 3 500 milles[1] d'océan me séparent de la Guadeloupe. De peur ou de bonheur ? Quel plaisir ai-je à m'allonger en grelottant, malgré les polaires, sur ma couchette dans ce bateau humide qui tape sur les vagues ? Quel bonheur existe à lutter pour m'endormir ? Puis, à peine arrivé dans les bras de Morphée, à m'en sentir arraché par une variation du vent qui m'appelle sur le pont ? Où est le plaisir quand je dois m'extraire de ma couchette, enfiler mon ciré trempé, mettre mon harnais, sortir de la cabine, m'accrocher à la ligne de vie puis, d'un pas sûr, aller affronter les embruns à l'avant du bateau entouré d'un ciel d'encre ? Où est le plaisir, une fois la manœuvre terminée, de revenir en nage dans le cockpit, les polaires humides collant à la peau sous le ciré, puis de retourner me coucher en sachant que je vais recommencer à grelotter, la transpiration glaçant ma peau ? Où est le plaisir ? Eh bien, précisément ici. Lors de sa deuxième victoire sur La Solitaire du Figaro en 1998, Michel Desjoyeaux déclara aux micros braqués au-dessus des filières de son bateau que la course au large est certes quelque chose d'impitoyable, mais aussi « une

1. Un mille marin égale par convention 1 852 mètres. Un nœud, lui, égale 1,852 kilomètre par heure.

drogue dure ». Je souscris. Oui, la douleur du large est une drogue. Et la souffrance physique du large une source de plaisir.

Pour être vraiment au large, il faut aussi avoir passé une première nuit en mer – souvent blanche –, car elle seule permet de ressentir l'état de fatigue qui rend hypersensible à tout ce qui nous entoure. Avec cet épuisement, tout est plus beau : la cime des cumulus, les reflets dans l'eau, l'écume des vagues. Mais tout est aussi plus douloureux : la manœuvre ratée, le mauvais classement qui tombe un matin sur l'ordinateur du bord peuvent se transformer en douleurs indicibles. Le large plonge dans un état d'hypersensibilité qui rend tout plus intense, qui décuple les sensations comme les sentiments. Les bonheurs et les peurs aussi.

Le large échappe donc à l'emprise du concept. Il est tout à la fois la dilatation de l'âme qui connecte aux battements du monde, au principe créateur, et le lieu où se marient les contraires : l'intériorité et l'extériorité, la douleur et le plaisir, le beau et l'effrayant. Ce que les sages des différentes religions méditatives recherchent – élévation de l'âme et rencontre avec l'un –, j'ai l'impression que cela ne descend vers moi que loin des côtes, sur les océans du globe.

Espace de dépassement de soi, de confrontation à l'océan, de course – donc aussi de lutte contre ses semblables sur des machines extraordinaires –, le large, malgré ce que l'on pourrait penser, est aussi un lieu de rencontre : avec soi-même comme avec le monde. Non pas le monde masqué par les innombrables médiations de la vie terrienne, mais, pur et authentique, le monde dans son surgissement phénoménologique qui entraîne dans son sillage l'Être de toute chose et la dimension divine, jamais très loin. Certains ressentent cela en montagne, d'autres dans le désert, moi, c'est loin des côtes, sur les océans. Les sociétés urbaines nous ont déconnectés de la Nature : le soleil n'est plus que le signe du temps et de la température qu'il va faire, un indicateur d'agrément ; les étoiles et les clairs de lune sont souvent cachés par la pollution lumineuse de nos mégalopoles, les contraintes économiques et sociales impriment le rythme des journées et soirées, évacuant l'importance du jour et de la nuit dans nos vies. Mais au large, on renoue avec la palpitation de la Nature, avec le battement du monde. On vit au rythme de soi-même et du cosmos qui nous englobe et nous envoûte.

Alors que c'est le hasard qui m'a conduit à devenir marin et à faire le tour du monde. Dire que j'ai quitté ma situation de journaliste installé, de collaborateur du *Figaro*, boulevard Haussmann, à Paris, en suivant un « appel du large » serait tomber dans le piège d'une reconstruction romantique de ma vie. Car cet « appel » a résonné en moi très jeune, alors que j'ai été sourd à sa voix. Je l'ai perçu quand il s'est agi de faire des études, puis avant de quitter l'ouest de la France pour Paris, puis avant de démarrer une carrière dans la presse. Sans l'entendre. Donc mon destin ne s'est en rien forgé en suivant une évidence, à cause d'une lumière scintillant dans les ténèbres de mon existence passée qu'enfin j'aurais décelée. Ma vie d'avant, en vérité, me plaisait.

Mais il y eut un déclic. Dimanche 4 septembre 2011, jour de la croisée des chemins, du choix d'emprunter une voie et d'avancer sans se retourner. Après deux années d'enquête journalistique sur la sécurité aérienne, et notamment sur le drame du vol Air France Rio-Paris de juin 2009, je m'étais lancé dans l'investigation sur les écoutes téléphoniques. Mes recherches, et sans doute un peu la chance, m'avaient assez rapidement permis de rencontrer une personne m'ayant transmis un dossier qui aurait pu être le scoop de ma vie. Un parcours de journaliste ressemble parfois à la carrière d'un chanteur à qui il faut un titre pour décoller. L'affaire Ben Barka, dévoilée par

Jean-François Kahn et Jacques Derogy, alors journalistes à *L'Express*, l'illustre. Comme celle du sang contaminé, révélée par Anne-Marie Casteret à *L'Événement du jeudi*. Mon dossier à moi n'était pas de ce niveau mais il avait de quoi m'occuper plusieurs mois et révéler des traits alors peu connus de la France d'alors. Il racontait comment notre pays avait vendu, *via* Amesys, une société filiale de Bull, du matériel d'interception téléphonique et internet à la Libye de Kadhafi avant que toute information ne filtre sur ce sujet. Heureux de cette mine, j'avais décidé de faire feuille après feuille, tel un artichaut : un scoop par semaine. La première feuille était sortie le jeudi 1er septembre dans *Le Figaro*. Et l'article, intitulé « Comment j'ai mis 5 millions de Libyens sur écoute », expliquait la façon dont des cadres de la société française avaient formé des Libyens à un logiciel d'écoute baptisé Eagle et l'apparition de Ziad Takieddine comme intermédiaire.

Trois jours plus tard, alors que je suis en famille dans mon appartement de Levallois-Perret, mon téléphone sonne. C'est un responsable du *Figaro*. Notre relation a toujours été amicale et directe. Mais, ce jour-là, le ton est plus direct que d'habitude et restera à jamais gravé dans ma mémoire. « Mon cher Fabrice, je vais te parler comme jamais je ne t'ai parlé. Tu es jeune avec un brillant avenir devant toi. Tu as une charmante femme à la maison et des enfants. Tu n'imagines même pas qui j'ai au téléphone depuis deux jours, à quel niveau ça se joue, et ce dans quoi tu es en train de mettre le nez. Alors écoute-moi bien : tu vas attraper ce dossier, le jeter à la poubelle, prendre tes cliques et tes claques et passer à autre chose, et nous ne parlerons plus jamais de cette conversation. » Une fois raccroché, j'ai réfléchi cinq minutes. Les dés étaient jetés. La presse subissait des pressions, n'osait rien, se couchait, même ; à quoi bon continuer, je serais skipper.

Je suis sorti de chez moi, suis allé dans le local à poubelles situé au fond de la cour, et j'ai jeté ce dossier d'une centaine de pages dans le container à papier. *Le Figaro* avait mis fin à mes rêves d'investigation, dorénavant il me servirait de rampe de lancement pour partir autour du monde.

Durant les trois années qui suivirent, j'ai énormément travaillé : peu pour mon employeur, sous le regard bienveillant de ma direction, et beaucoup au service de mon nouveau rêve. Dorénavant, il s'agissait de faire le tour de la planète sur un bateau. J'ai passé le plus clair de mon temps à rédiger les dossiers de présentation de mes projets et à chercher des financements. Ayant jusqu'alors toujours réussi à concilier ma vie de terrien avec celle de marin, à partir de ce jour, une forme d'urgence m'a animé. Le besoin d'évasion, la nécessité de partir étant presque physiques et virant à l'obsession. Un peu comme quelqu'un qui aurait perdu du temps, je me battais avec une énergie désespérée afin de larguer les amarres. À ce moment-là, oui, pour la première fois, j'ai répondu à l'appel du large.

2

La promesse du soir

> « Le crépuscule commença à balayer la mer. Et le ciel, lentement, se décolora. »
>
> Marguerite Duras

Les levers de soleil se méritent. Car il faut se lever tôt pour ressentir les lumières souvent auréolées de brume d'une pureté cristalline. Au large, ce moment est une récompense après les difficultés de la nuit et les efforts fournis pour lutter contre le sommeil, pour régler des voiles que l'on voit mal, voire que l'on ne fait que deviner, pour lutter contre l'angoisse de foncer à tombeau ouvert dans le noir. J'aime particulièrement le titre d'un ouvrage de Romain Gary : *La Promesse de l'aube.* Il évoque pour moi un soleil levant. Avec ces rayons qui peu à peu dépassent la ligne d'horizon et donnent un nouvel éclairage au décor qui nous entoure ou à l'océan qu'on parcourt. Avec cette impression que tout est possible. L'aube remet les compteurs à zéro et efface les blessures de la veille. Mais tout autre était l'intention de l'auteur. « Avec l'amour maternel, la vie vous fait à l'aube une promesse qu'elle ne tient jamais. On est obligé ensuite de manger froid jusqu'à la fin de ses jours[1]. » Même si son roman raconte finalement que l'existence nous promet un amour maternel infini qu'elle ne tient pas, j'aime à imaginer que l'aube tient en suspens cette annonce d'un jour nouveau. Comme une vie qui démarrerait chaque fois, faisant table rase du passé et, peut-être, de ses erreurs. Le présage que tout est permis. Oui, mais le matin se lève à l'est, alors que le soleil se couche à l'ouest. Et mon imaginaire, mon désir, s'est toujours, lui, porté vers l'ouest, vers la ligne d'horizon vue de Bretagne. Là-bas, l'envie de large se matérialise pour qui porte son regard au loin.

Au fond, plus forte que la promesse de l'aube est pour moi celle du crépuscule. La promesse du soir, du retour au calme. Des lumières de la terre qui, une à une, vont s'éteindre pour laisser la place à celles du ciel, à la nuit étoilée, fascinante.

---

1. Romain Gary, *La Promesse de l'aube*, Gallimard, 1960, p. 38.

Mais c'est surtout ce soleil disparaissant dans d'enivrantes couleurs derrière la ligne d'horizon et lançant un appel à le rejoindre qui me parle. La promesse du crépuscule est celle de l'aventure : « Suis-moi derrière la ligne d'horizon », semble dire le soleil, « suis-moi autour de la terre ». À la différence de l'aube qui s'apparente à une épiphanie de lumière, le crépuscule a plus de fond, appelle son observateur vers un ailleurs.

J'aime également ses couleurs et ses ambiances. Le coucher de soleil sur l'île de Hoedic, lors des croisières familiales sur un First 22, un petit monocoque de 6 mètres, face au Morbihan d'un côté, et face à Belle-Île et au large de l'autre. Cette heure où le bleu cristallin du ciel de Bretagne semble s'embraser avec la descente de l'astre qui éclaire tel un projecteur voulant mettre en évidence les couleurs et les formes de ce qu'il révèle : le vert de la lande en haut des falaises, les rochers, le bleu de l'eau. Et puis l'ambiance dans le port : le calme qui revient avec la fin du va-et-vient des voiliers et hors-bords de touristes, le léger clapotis de l'eau dont la musique redevient audible contre la coque, les apéritifs dans les cockpits de bateaux à couple, parfois le son des guitares. Je pense aussi aux couchers de soleil sur la route des Antilles. Avec les cumulus des ciels d'alizés qui absorbent les lumières du soir et peuvent aller du rose au violet. Avec le ciel jamais uniforme au regard mais peuplé de ces amas de différentes nuances tels des essais de couleurs sur la palette d'un peintre. Avec, sur la route de Pointe-à-Pitre ou de l'Arc antillais, le soleil qui montre chaque soir la route à suivre pour toucher terre et finir le voyage. Et qui, rendant pénibles les dernières heures de la journée à la barre, fait brûler le spinnaker et l'avant du bateau de mille feux mais est pardonné aussitôt qu'il disparaît de l'autre côté de l'horizon.

L'un de mes plus beaux crépuscules arriva au cap Horn, après trente-huit jours dans les mers du Sud, le gris et le froid, sur le Vendée Globe. Au terme d'une journée à me démener dans des vents de plus de 50 nœuds en approche du cap mythique, le soir venu, la paix est apparue à mesure que le soleil déclinait dans mon sillage. Le ciel est devenu rose pâle et, peu à peu, le grand éclairagiste m'a découvert les montagnes de Patagonie, première verticalité aperçue après plus de soixante-cinq jours d'horizontalité à perte de vue.

En de tels moments de beauté, difficile de croire au hasard : c'est comme si la nature s'était mise en quatre pour vous offrir la plus belle des récompenses après vous avoir tant barré la route du Horn. Une récompense pour tous les sens : le vent qui baisse afin de reposer l'âme, la lumière du crépuscule sur le rocher pour gratifier la rétine saturée de gris, l'odeur de la terre pour titiller l'odorat repu de sel et d'embruns et, enfin, le bruit de la civilisation, celui du navire de passagers *Stella Australis* rencontré après des semaines de craquements de carbone et de hurlements d'appendices dans les flots déchaînés.

Le coucher de soleil sur Maupiti, vu de l'ouest de Bora Bora, porte encore une autre promesse. Non plus rose mais rouge à en percer ma rétine, avec une incandescence qui transforme la couleur du lagon et même celle des cocotiers peuplant les Motu environnants. Il est accompagné du premier son des ukulélés à terre et annonce la douce ivresse d'une soirée tahitienne. Terrien, je n'ai jamais autant eu l'impression de me trouver au paradis ou à ma place qu'en Polynésie. À la différence des crépuscules vécus sur mon vaisseau de carbone parcourant les océans, ils m'ont donné l'impression d'assister au grand spectacle de la nature et du monde à partir d'un lieu central. L'endroit d'où il faut se tenir pour toucher à la plénitude de l'être et des sens, comme si ces îles du Pacifique étaient « demeure et foyer, à la porte duquel le plateau tournant du monde eût arrêté chaque jour un nouveau décor[1] », ainsi que l'écrit Claude Lévi-Strauss en 1935, en mer sur cette route du Brésil que je connais bien. Ce voyage vers le continent sud-américain avait amené l'ethnologue à quitter Marseille pour rallier Barcelone, puis Cadix, Alger, Dakar avant la grande traversée vers le Brésil. Et c'est en relatant ce franchissement des eaux et en s'ouvrant à la magie du large que Lévi-Strauss s'était laissé aller à une subtile évocation de crépuscule. « Peu à peu, les profondes constructions du soir se replièrent. La masse qui, tout le jour, avait occupé le ciel occidental parut laminée comme une feuille métallique qu'illuminait par-derrière un feu d'abord doré, puis vermillon, puis cerise. Déjà celui-ci faisait fondre, décapait et enlevait dans un tourbillonnement de parcelles, des nuages contorsionnés qui progressivement s'évanouirent[2]. »

La littérature m'a toujours semblé plus riche en descriptions de levers que de couchers de soleil, comme si, pour une raison qui m'échappe, les poètes regardaient vers l'est et étaient sensibles à l'espérance qu'offrent les lueurs du jour ainsi

1. Claude Lévi-Strauss, *Tristes Tropiques*, Plon, coll. « Terre Humaine », 1955, p. 67.
2. *Ibid.*, p. 65 à 74.

qu'aux couleurs froides que déploient les premiers rayons, tandis que les aventuriers tendraient résolument vers l'occident et le crépuscule, vécu non tel un déclin ou la disparition du jour, mais comme une invitation au voyage !

Chateaubriand, dans son *Itinéraire de Paris à Jérusalem*, célèbre ainsi un lever de soleil sur l'Acropole : « Athènes, l'Acropolis et les débris du Parthénon se coloraient des plus belles teintes de la fleur du pêcher ; les sculptures de Phidias, frappées horizontalement d'un rayon d'or, s'animaient et semblaient se mouvoir sur le marbre par la mobilité des ombres du relief ; au loin, la mer et le Pirée étaient tout blancs de lumière ; et la citadelle de Corinthe, renvoyant l'éclat du jour nouveau, brillait sur l'horizon du couchant, comme un rocher de pourpre et de feu. » Gustave Flaubert décrit la même aurore au même endroit dans *Salammbô* : « Mais une barre lumineuse s'éleva du côté de l'Orient. À gauche, tout en bas, les canaux de Megara commençaient à rayer de leurs sinuosités blanches les verdures des jardins. Les toits coniques des temples heptagones, les escaliers, les terrasses, les remparts, peu à peu se découpaient sur la pâleur de l'aube ; et tout autour de la péninsule carthaginoise, une ceinture d'écume blanche oscillait, tandis que la mer couleur d'émeraude semblait comme figée dans la fraîcheur du matin. »

Un lever de soleil et non un crépuscule athénien, alors que la cité est tournée vers l'occident et donc encline à faire sentir au voyageur cet appel du soleil déclinant sur la ligne d'horizon ? Est-ce dû à une sensibilité propre du poète à l'aube ou à cette ambiance particulière de la Méditerranée, mer intérieure, qui n'offre pas aux sens l'appel profond de l'océan ? Je l'ignore et m'interroge encore.

Si mes voyages au large me font côtoyer chaque soir les plus beaux crépuscules de la création, mes pérégrinations dans les textes m'en ont fait rencontrer un en particulier, fulgurant, digne de ceux que je vis loin de la terre. Sous la plume non d'un poète mais encore de Claude Lévi-Strauss, ethnologue parti en mer pour réfléchir au concept de civilisation. Comme quoi tout survient au large à qui se laisse envahir et bercer par sa magie. En découvrant son parcours vers le Brésil, j'ai tout d'abord été frappé par l'œil de novice qu'il portait sur ce périple, puis par sa façon de décrire la monotonie sur un bateau, sensation d'immobilité et impression d'être enfermé en prison flottante pour tout voyageur. Comme si le large et sa monotonie pouvaient se refermer sur les passagers tel le couvercle d'un cercueil. Des navigations réalisées par nécessité et non par envie profonde, ou des zones de molles subies et interminables en course m'ont déjà donné le sentiment d'être moi-même cloîtré sur mon bateau, comme si le sentiment éperdu de liberté ressenti – ou attendu – d'ordinaire au large pouvait se muer en son exact contraire.

« Cinquante kilomètres de routes terrestres peuvent donner l'impression d'un changement de planète, mais 5 000 kilomètres d'océan présentent un visage immuable, au moins à l'œil non exercé[1]. » En vérité, tout est dans la maîtrise de l'œil à contempler les vagues. Car l'océan au marin ne semble pas monotone, alors que le temps à bord peut l'être. Le terrible est cette sensation d'un temps extérieur immobile, d'un voyage qui s'étend à l'infini, alors que notre tempo intérieur continue, lui, à courir, à vouloir avancer, à voir les milles défiler. J'ai vécu cette expérience sur le Vendée Globe, en 2016. Alors dans le Pacifique Sud, je butais dans le centre d'un anticyclone. Une ligne imaginaire, nous interdisant de plonger dans le sud à cause des glaces, m'empêchait une route méridionale capable de contourner ces hautes pressions. Des vents contraires rendaient

1. Claude Lévi-Strauss, *Tristes Tropiques*, *op. cit.*, p. 69.

illusoire toute tentative d'éviter ces pièges sur une route septentrionale. Il fallait attendre. Durant trois jours, je suis resté encalminé dans cette zone absolument immobile. Où le large semblait devenu un espace clos dans lequel les nuages étaient mus par la gravité terrestre et non par le vent. J'ai cru devenir fou, notamment aux pires moments où j'arrivais à parcourir 36 milles, c'est-à-dire environ 66 kilomètres, en vingt-quatre heures. Un enfer de lenteur. « Il leur semblait être enfermés entre des parois restreintes, pour un nombre de jours fixés d'avance, non parce qu'il y avait une distance à vaincre, mais plutôt pour expier le privilège d'être transportés d'un bout à l'autre de la terre sans que leurs membres eussent à fournir un effort[1]. »

Pour l'ethnologue, le lever de soleil ressemble au prologue d'un opéra qui donnerait des indications sur ce qui va advenir : la couleur de l'aube, les premiers rayons du soleil, leur réfléchissement dans les nuages ou dans un ciel vierge. Et le crépuscule, lui, jouerait un spectacle dans son entier, plus riche d'un début, d'un milieu et d'une fin. Et contiendrait tous les moments vécus : quand il se couche, l'astre lumineux porterait la synthèse des différents états de sa journée et inviterait les

1. Claude Lévi-Strauss, *Tristes Tropiques*, *op. cit.*, p. 70.

hommes à en faire de même au cours d'une sorte d'introspection. « Aussi est-ce quand le soleil s'abaisse vers la surface polie d'une eau calme, telle l'obole d'un céleste avare, ou quand son disque découpe la crête des montagnes comme une feuille dure et dentelée, que l'homme trouve par excellence, dans une courte fantasmagorie, la révélation des forces opaques, des vapeurs et des fulgurations dont, au fond de lui-même, et tout le long du jour, il a vaguement perçu les obscurs conflits[1]. »

Le soleil, lorsqu'il se couche, est architecte mais se fait peintre dès qu'il a disparu derrière la ligne d'horizon. Quand il commence à descendre, l'astre renforce les contours des vagues et des nuages. C'est tout le cosmos qui apparaît, mis en perspective, mis en évidence sous un jour nouveau et selon des formes plus géométriques qu'auparavant. Un crépuscule a besoin de nuages pour attirer le regard, l'architecte de formes à travailler afin de montrer son talent.

Comment ne pas penser aux couchers de soleil dans l'Atlantique Sud que je retrouve après chaque passage de l'Équateur ? Alors, le soleil éclaire l'océan avec une telle puissance

1. *Ibid*, p. 69.

qu'il sature l'œil et que les nuages d'altitude, par contraste, deviennent sombres et semblent même transformés en immeubles de feu, étranges rappels des œuvres humaines en ces contrées sauvages. Les petits cumulus de basse altitude sont alors des braises jaunes dont seul le pourtour semble incandescent, leur cœur restant gris. L'océan, lui, paraît partagé : entre un bleu coloré de rose à l'orée des vagues et un jaune porté tel un écrin à la surface de l'étendue liquide. Voilà sans doute la capacité du soleil au crépuscule : donner une forme différente aux éléments grâce aux jeux de lueurs et luminosité, mais aussi mettre en lumière chaque élément qui peuple l'univers. Et quand la pastille incandescente est tombée de l'autre côté de l'horizon, le soleil se métamorphose encore pour se faire ludique. Il joue des éléments, les sublime selon son humeur. En Bretagne, le ciel, quand il est tapi de nuages cirrus, devient rose ou violet, tandis que les percées de bleu gardent leur ton de la journée tout en se cernant du jaune des derniers rayons du jour. À la différence de la palette d'un peintre, au fond les couleurs se mélangent peu là-haut : elles se juxtaposent ou se succèdent, ne s'imbriquent pas. L'horizon, depuis peu orphelin de son astre, apparaît souvent bleu, tandis que l'océan retrouve les couleurs rosées du ciel tout en lui apportant une touche huileuse et métallique.

Claude Lévi-Strauss avait débuté son livre par un cinglant : « Je hais les voyages et les explorateurs. » Comme pour rappeler que son projet était de ne surtout pas se laisser embarquer vers une quelconque poésie. Mais le large avait vaincu ses résolutions. Reste que ce voyageur pas comme les autres n'avait pas totalement succombé à la magie de l'océan. Peut-être est-ce lié à la manière dont il l'a traversé ? Indolemment, vu de la passerelle d'un paquebot et non mû par la force du vent, par des bras et des manœuvres à répétition, l'œil et la sensibilité modelés par le manque de sommeil, dont les médecins disent qu'il met le marin dans la situation d'une personne qui serait à 0,5 gramme d'alcool dans le sang. Le large traversé à la force du vent et des bras rend sans doute plus sensible à la beauté du monde et à la richesse des formes de cet océan qui ondule indéfiniment.

En tout cas, dès mon plus jeune âge, j'ai toujours perçu une forme de poésie dans le coucher de soleil. Une poésie sans grammaire car la vie ne m'avait pas doté du talent suffisant pour accoucher ces impressions diffuses sur un bout de papier. Mais le plus fort était à venir. Un jour, un crépuscule en plein océan m'ouvrirait grand une fenêtre sur le cosmos, me ferait toucher l'éternité. Et, avec elle, le mystère de Dieu.

3

Lever de soleil fondateur sur Basse-Terre

« La plupart des gens ne voient pas le soleil. Du moins en ont-ils une vision très superficielle. Le soleil ne fait qu'éclairer l'œil de l'homme, alors qu'il brille à la fois dans l'œil et dans le cœur de l'enfant[1]. »

Ralph Waldo Emerson

Si les crépuscules ont toujours joué un rôle important dans ma vie, eux qui ont construit mes rêves de large, je vais plutôt vous conter, ici, le plus incroyable de mes levers de soleil.

Pour beaucoup de passionnés de la mer ou de pratiquants de la voile, traverser l'Atlantique est un rêve. Quand on a arpenté une partie de cet océan, contemplé à n'en plus finir la ligne

1. Ralph Waldo Emerson, *La Nature*, Allia, 2014, p. 12-13.

d'horizon et imaginé l'autre rive loin là-bas, quoi de plus naturel que de vouloir enjamber, parcourir cette étendue ? J'ai moi-même fait partie de ces marins en herbe qui ont longtemps fantasmé de franchir l'océan. Après avoir traversé la baie de Quiberon en famille durant mon enfance, puis la Manche, le golfe de Gascogne et la mer celtique sur le bateau familial en course et en croisière, je me suis mis en tête, dès l'adolescence, de découvrir, de dépasser l'étendue qui était face à moi.

Quand on vit en Bretagne, le regard se tourne naturellement vers l'ouest : le soleil se couche à l'ouest, les dépressions arrivent de l'ouest, le beau temps revient souvent aussi par l'ouest. Le regard se porte donc vers l'horizon dans cette direction. Pourtant, ma première traversée n'a pas été une conquête de l'Atlantique vers l'ouest mais une navigation entre la Nouvelle-Écosse et l'Angleterre.

J'embarquai, au beau milieu de l'été 2000, avec Charles-Henri et son fils Louis-David. Descendant du maréchal Mangin, appelé le « boucher de Verdun » suite au fiasco de la bataille du chemin des Dames, Charles-Henri n'avait pas épousé une carrière militaire mais un parcours d'homme d'affaires à succès quand il avait « fui la France en mai 1981, au lendemain de l'élection de François Mitterrand », comme il se plaisait à le répéter avec humour. Alors que j'avais appris la voile avec un père éduqué à l'école des Glénans – pas de douche à bord, le confort et l'hygiène réduits à leur plus simple expression –, lui avait une autre manière de voir les choses, plus anglo-saxonne, dirais-je, notamment depuis une arrivée de transat anglaise où il avait vu, dans le sillage d'un Tabarly sale et victorieux, un concurrent italien, Edoardo Austoni, dont le monocoque de 41 pieds et le costume étaient aussi propres après trente-sept jours de traversée que s'il avait juste caboté dans la baie pour arriver à Newport.

Depuis, Charles-Henri avait décidé de faire sienne cette manière de prendre la mer, voulant rester aussi classe sur l'océan en colère qu'à terre au calme, soucieux de vivre en mer comme en plein Manhattan. Nous partîmes donc de Sydney, en Nouvelle-Écosse, avec deux semaines de plats congelés préparés par sa cuisinière et, deux fois par jour, durant la traversée, nous nous retrouvions à table, une bouteille de vin calée entre nous, lumière allumée, baffles du carré dispensant souvent *Don Giovanni* de Mozart. Ce fut un traumatisme pour moi, élevé à l'écoute du moindre bruit du bateau, de perdre tout repère sensoriel, de ne plus percevoir les sons liés au comportement de notre voilier, de dévaler les pentes de l'océan sur le tapis roulant d'une dépression nous poussant vers l'est tout en ayant l'impression de dîner dans une maison du Connecticut. Une expérience étrange orientée par la « prière » de me laver quotidiennement et raser régulièrement, mes T-shirts crasseux se voyant remisés dans mon sac. Porter des chemises ou des polos pour naviguer, une nouveauté totale !

Le capitaine de ce yacht américain de 54 pieds savourait un autre plaisir : prendre un bain dans la grande baignoire de sa cabine arrière en écoutant un opéra. Un répit dont je profitais pour changer les réglages des voiles et modifier la trajectoire du pilote automatique de quelques degrés afin de faire accélérer le mastodonte. Le capitaine, qui le sentait systématiquement, m'envoyait une volée de bois vert à travers le hublot de sa cabine, m'incitant fermement à tout remettre selon son désir. Mais comment savait-il ? Un jour, à mi-parcours, je compris : mon skipper avait un répétiteur d'information anémométrique, de cap et de vitesse au-dessus de sa baignoire et pouvait suivre tout ce qui survenait à bord. Je me le tins pour dit.

Je garde deux souvenirs forts de cette traversée transatlantique qui fut comme un voyage initiatique. D'abord, les faisceaux lumineux des dauphins la nuit suivant le bateau et éclairés par le plancton. La première fois, je crus voir surgir des torpilles et imaginai ma dernière heure arrivée, avant de découvrir ces ondes luminescentes en train de modifier leur trajectoire à l'approche de la coque et même nous accompagner. Contrairement à ce qu'imaginent les terriens, au large on voit peu de dauphins, plus souvent croisés à une distance raisonnable des côtes, et ce plusieurs fois par jour avec un ballet aquatique et un bonheur enfantin saisissants. Et pour cause, ces groupes modifient leur trajectoire pour évoluer quelques minutes avec nous, les mammifères, complices des hommes que nous sommes, jouant avec l'étrave qu'ils effleurent du nez, sautent comme pour nous observer ou communiquer, suivant notre sillage ou nous dépassant à grands coups de nageoire. Une chorégraphie dont jamais je ne me lasse.

Ensuite fut mémorable notre arrivée sur le plateau continental au large de l'Irlande. Car, là, nous croisâmes une flotte de pêcheurs au cœur d'une mer démontée par plus de 40 nœuds de vent. Pour la première fois où j'avais quitté aussi longtemps la terre, le sentiment d'arriver de loin en saluant de la main, tel un voisin, ces pêcheurs qui remontaient leurs chaluts fut un bonheur rare.

Je mis huit ans avant de traverser à nouveau l'Atlantique. Cette fois-ci en course, sur la route des alizés entre Concarneau en Bretagne et l'île de

Saint-Barthélemy (Saint-Barth) dans les Caraïbes. Je crois pouvoir dire que, ces semaines-là – c'était en 2008 –, l'océan me mit à l'épreuve. Non par la tempête ou l'une de ses embûches classiques : l'épreuve fut mentale et humaine.

Je partis en effet pour plus de vingt jours de mer avec un régatier aguerri à la navigation près des côtes mais visiblement peu apte, psychologiquement, à voguer loin. Paranoïa, agressivité, je ne saurais dire ce dont il souffrait mais il ne cessa de me pousser dans mes derniers retranchements. Pour la seule fois de ma vie, me gagna l'envie irrépressible de commettre un homicide. Me débarrasser de lui et de la torture que ses démons intérieurs me faisaient subir devenait une obsession. Or, à deux sur un bateau de 9 mètres, aucune échappatoire : je devais faire face et achever la traversée !

Toutes les nuits, lorsque je tentais de profiter de mon quart de repos à la bannette, un rêve, de précision chirurgicale, revenait me hanter. Qui le montrait urinant à l'arrière du bateau et moi le poussant. Je percevais clairement ses hurlements tandis qu'il disparaissait dans les flots et la nuit, englouti par le sillage du bateau propulsé à bonne vitesse sous spinnaker. Alors je m'accroupissais au fond du cockpit, les mains sur les oreilles, pour oublier son cri de bête mourante et tâchais de sortir de ma tête son regard hagard croisé une fraction de seconde avant que sa tête ne disparaisse dans les vagues. Je restais prostré deux ou trois heures puis donnais l'alerte ; officiellement, je m'étais réveillé et il n'était plus à bord, j'avais remonté la trace de notre trajectoire enregistrée sur l'ordinateur du bord mais abandonné les recherches après quelques heures, faute d'avoir retrouvé mon coéquipier.

Je ne suis évidemment pas passé à l'acte mais cette première expérience limite imposée par l'océan me permit d'envisager la suite : dorénavant, traverser l'Atlantique en solitaire, seul face à moi-même, après ce que je venais d'affronter devenait on ne peut plus envisageable… voire salutaire.

L'occasion de repartir ne se fit guère attendre. Dès l'été suivant, j'écrivis une carte postale de vacances au patron d'une grande entreprise de transport routier que je connaissais bien afin de lui parler de la Route du Rhum qui avait lieu l'année suivante. Un mois plus tard, en septembre, autour d'un déjeuner dans le quartier de Montparnasse, à Paris, où il avait ses habitudes, l'affaire était entendue : j'allais participer à la neuvième édition de la mythique transat en solitaire entre Saint-Malo et Pointe-à-Pitre !

Au-delà du défi sportif – et de la satisfaction d'en venir à bout –, cette traversée m'offrit une étape-déclic de mon existence, l'un de ces instants qui restent à jamais gravés dans une trajectoire de vie et dont on peut dire, que, à partir de là, il y a désormais un avant et un après.

Ce moment, je le vécus la nuit de mon arrivée en Guadeloupe après trois semaines de mer. Pour traverser l'Atlantique au départ de France à cette époque de l'année – l'automne –, il existe deux routes dont le choix est dicté par la position de l'anticyclone des Açores, qu'il est impossible de traverser à la voile sous peine de se retrouver plusieurs journées à l'arrêt à cause de vents erratiques. La première route, dite « sud », revient à descendre le long du Portugal, jusqu'au Maroc, pour ensuite passer à l'est puis au sud de l'anticyclone avant de toucher les alizés et de tenter de traverser l'Atlantique. La seconde option, celle que je décidai d'emprunter, est celle du « nord ». Plus courte, plus difficile, mais pas forcément plus rapide, cette route revient à faire voile vers New York, avec face à soi les dépressions qui balaient l'Atlantique, et à contourner l'anticyclone des Açores par le nord. La succession de dépressions la rendant difficile, j'arrivai donc sur la Guadeloupe avec l'état d'esprit d'un alpiniste atteignant enfin le sommet le plus haut du monde. Vidé moralement mais inondé de joie, celle de la satisfaction du devoir accompli et de la fierté du défi réalisé.

Mais une tradition veut que le parcours de la Route du Rhum ne s'achève pas directement à Pointe-à-Pitre, les marins devant faire le tour de l'île par le nord, en laissant « la tête à l'Anglais » à bâbord – un rocher situé dans la partie septentrionale de l'île –, puis en naviguant le long de Basse-Terre. Soucieux de respecter cette consigne, j'arrivai aux abords de l'île à la nuit tombée et en entamai le tour en pleine pénombre, sans rien voir d'autre que les lumières des villages endormis. Le dévent de la Guadeloupe est tel qu'il est recommandé, après le coucher du soleil, de passer au plus près de la côte afin de profiter des filets d'air qui descendent de la montagne et se canalisent dans les vallées. Je fis donc le tour de l'île à quelques centaines de mètres des plages et villages, imaginant cette terre, dont j'ignorais tout, dans le mystère de ses lumières. Et puis, le lever de soleil me découvrit la Guadeloupe : cette première fois éclaira ma vie d'un jour totalement nouveau.

J'avais quitté ma femme en expliquant que je partais accomplir un de mes rêves, promettant qu'il n'y en aurait pas deux. J'avais passé trois semaines à souffrir seul sur une coque de 12 mètres en me jurant de ne pas commettre la folie d'un jour recommencer. Mais, à cet instant précis, à voir ce lever de soleil sur Basse-Terre, une émotion indicible me saisit, et tout fit sens : ces épreuves, ce calvaire, je les avais endurés pour la seule magie de cet instant. Et je fis vœu de repartir encore et encore, juste pour revivre un tel moment.

Mon parcours de marin a été initié par cette incroyable image de ciel et de mer mêlés, se distinguant peu à peu, ces sensations, ces sons et couleurs différents, cet horizon autre, ce paysage s'ouvrant et se découvrant comme jamais je ne l'avais vu. Et aujourd'hui je puise régulièrement des forces pour repartir dans les océans et avoir le bonheur d'admirer encore cette aube majestueuse. En vérité, ce n'est pas même ce lever de soleil qui suscita tant d'émotions, les lumières de l'aube, ce matin-là, étant plutôt classiques, mais le fait de découvrir sous les rayons d'un soleil en apparition cette destination espérée, ce but atteint, le fait aussi de pouvoir desserrer les dents, m'asseoir un instant, contempler le chemin parcouru et penser avec un frisson de fierté : « J'ai réussi. »

Depuis cet instant fondateur, j'ai traversé l'Atlantique une quinzaine de fois. Sur la Route du Rhum, sur la Transat Jacques-Vabre entre la

France et le Brésil, mais aussi, dans l'autre sens, entre Québec et Saint-Malo, entre New York et la Vendée. Et, toujours, l'arrivée a été source d'une émotion indicible. Revoir des visages de proches, retrouver la terre et mesurer le travail effectué. Certes, ces approches ne m'ont pas fait revivre à l'identique ce lever de soleil sur Basse-Terre, mais elles ont réussi le miracle de reproduire une magie particulière, celle de la beauté d'un endroit qui se découvre après avoir été conquis de haute lutte. La contemplation d'un nouveau lieu n'est pas la même que l'on descende la passerelle d'un avion ou que l'on ait souffert plusieurs semaines sur un océan volontiers dur, coriace, hostile. La fierté, le devoir accompli, la tension qui retombe, cette chance de pouvoir se poser un instant et de contempler le chemin parcouru, sont d'une intensité étrange, rare. Ils me font penser à ces lignes de Sylvain Tesson parti à pied, à vélo et à cheval sur les traces des évadés du Goulag entre le nord de la Sibérie et l'Inde, traversant la Russie et sa Taïga, la Mongolie et son désert de Gobi, puis l'Himalaya, et qui, après six mois de déambulation, finit par découvrir l'objet de sa quête : Lhassa. « Je m'assieds sur un rocher et attends les larmes. J'aimerais pleurer car il me semble avoir atteint ici l'un des buts les plus désirés de ma vie. Je ne serais pas plus ému aux pieds d'un être aimé, une fée, une femme, attendu pendant des mois et retrouvé enfin. Les intenses secondes que je passe sur ce bloc de granit sont importantes car elles me prouvent que mon cœur n'est pas mort[1]. »

Le cœur bat fort mais l'arrivée d'une traversée ressemble à une petite mort : c'est la fin d'un projet, parfois d'un cycle, d'une phase de vie vécue avec énormément d'intensité. Pour autant, elle est aussi une renaissance : revenir à terre démarre une autre tranche d'existence, signe le début d'une nouvelle aventure. Ces navigations au large sont comme des éclipses de la vie à terre, chaque retour devenant davantage que celui d'un voyage. C'est renouer avec la vie de terrien, découvrir un nouveau rapport à soi enrichi par plusieurs semaines de face-à-face intime avec son moi profond. Donc revivre de nouveaux départs.

Ces traversées ayant lieu en fin d'année possèdent une autre vertu : celle de rythmer le calendrier en me faisant échapper au cycle de ces dernières saisons, mortifère pour moi, automne puis entrée dans le tunnel hivernal. « Vous vous attendez à être triste en automne », écrit Ernest Hemingway. Personnellement, je ne suis jamais

1. Sylvain Tesson, *L'Axe du loup*, Robert Laffont, 2004, p. 233.

triste car prêt à une aventure océanique, prêt à tourner le dos à ces saisons qui arrivent, aux jours qui diminuent et aux arbres qui perdent vie. « Une partie de vous-même meurt chaque année, quand les feuilles tombent des arbres dont les branches demeurent nues sous le vent et la froide lumière hivernale ; mais vous savez déjà qu'il y aura toujours un printemps, que le fleuve coulera de nouveau après la fonte des glaces[1]. »

1. Ernest Hemingway, *Paris est une fête*, Gallimard,, p. 74-75.

4

Le crépuscule d'éternité

> « Tout individu intelligent a bien une limite où il se met à devenir mystique, là où commence son être le plus personnel[1]. »
>
> Freud

Si je ne devais garder et partager qu'un moment de tous les milles parcourus au large, de mes quinze traversées de l'Atlantique et de ce tour du monde, si je ne devais conserver qu'une heure de cette décennie sur les océans, ce serait celui d'un jour de novembre 2013.

Pour cette Transat Jacques-Vabre en Class 40, je pilote un monocoque de 12 mètres. La course va à Itajaí, une cité industrielle sans grand charme ni intérêt au sud du Brésil, tout près de la frontière avec l'Uruguay, et je suis avec Armel Tripon,

1. Georges Groddeck, *Ça et moi*, Gallimard, 1977, p. 65 – lettre du 15 novembre 1920.

un marin rencontré quelques années auparavant devenu mon coach sur l'eau comme mon coéquipier en course.

La traversée a démarré sur un faux rythme, la direction de course nous ayant imposé un arrêt de vingt-quatre heures à Roscoff afin de laisser passer une forte dépression et d'éviter un golfe de Gascogne trop agité pour nos bateaux. Les IMOCA, les bateaux du Vendée Globe, ont, eux, le droit de poursuivre, ce qui m'agace, moi qui suis toujours circonspect lorsqu'on contraint des marins à regagner le port. L'océan étant l'un des derniers espaces de liberté, loin de nos sociétés qui déresponsabilisent leurs concitoyens et vivent obsédées par le principe de précaution, à mon sens revient au navigateur de prendre, en conscience, la décision de partir affronter le large ou de demeurer à quai et d'éviter le coup de vent. Notre liberté s'arrête quand on commence à mettre d'autres vies en jeu – un hélitreuillage dans le golfe de Gascogne ou un cargo détourné au milieu de l'Atlantique pour récupérer un équipage sont, bien sûr, au-delà de la limite –, mais tant que nous n'emmerdons personne, garder notre libre arbitre face aux éléments devrait s'imposer.

Sur la Route du Rhum 2002, le skipper Bertrand de Broc avait décidé d'abandonner à Brest malgré son bateau en parfait état de marche. Il avait expliqué ne pas se sentir de traverser l'Atlantique en trimaran Orma de 60 pieds compte tenu de ce qui attendait la flotte. La suite lui avait donné raison, avec quinze abandons, des hélitreuillages, des esquifs avalés par l'océan et seulement trois multicoques parvenus à traverser l'Atlantique et atteindre la Guadeloupe. Or, il a tout perdu après sa décision : son navire comme son sponsor ! Notre monde tourne bel et bien à l'envers : parce que les jeux du cirque sont lancés, il faudrait entrer dans l'arène d'eau sous peine de passer pour un couard et de tout perdre ? En même temps, au nom du sacro-saint principe de précaution, on peut priver les marins de ce qu'ils ont de plus précieux, le bon sens et le libre arbitre, en les gardant à quai ?! Comprenne qui pourra. Pour moi, le seul maître à bord est le skipper, et lui sait !

Une dizaine de jours après cet arrêt forcé. Nous venons de sortir du pot au noir – mon premier – et évoluons dans des alizés d'hémisphère Sud encore évanescents. Le pot au noir est la zone de convergence entre les alizés d'hémisphère Nord et les alizés d'hémisphère Sud. Cette zone que nous devons traverser pour rejoindre l'équateur et l'hémisphère Sud est caractérisée par des vents erratiques ponctués d'orages violents. Le début de course a été éprouvant : une traversée du golfe de Gascogne avec un vent relativement clément mais un tapis de bosses creusées par le passage du vent fort, puis des alizés d'hémisphère Nord très soutenus au large du Maroc. Après la bataille contre les orages, les grains et les zones sans vent du pot au noir, je ressens les alizés d'hémisphère Sud qui s'établissent progressivement comme un moment de rédemption. Suis-je dans des dispositions mystiques particulières ce soir-là, lorsque le soleil commence à décliner sur la ligne d'horizon ? Je ne le pense pas. Toujours est-il que je vais vivre, durant les longues minutes du crépuscule où tout change de couleur, sous le ciel des alizés, l'un des moments les plus intenses, les plus profonds et les plus déconcertants de mon existence.

Alors que le soleil descend doucement, les nuages deviennent violets, puis roses. Le ciel tout entier s'embrase. L'océan, qui passe du bleu turquoise au gris dès que le soleil disparaît de l'autre côté de la ligne d'horizon, puis au noir une fois la nuit venue, s'emplit de ces couleurs chaudes : rose puis violet. Un silence assourdissant et lourd emplit l'atmosphère. Comme si la nature et l'océan se taisaient pour orner de solennité ce moment. Oui, quelque chose de spécial nimbe l'atmosphère, silence puissant qui résonne à mon oreille. À ce moment précis, à cet endroit-là, bien que perdu au milieu de l'Atlantique, j'ai le sentiment d'une rencontre. De l'évidence de quelque chose. Je ne côtoie pas mon Dieu, celui des chrétiens, puisque aucune apparition, aucune voix ne surgit, aucun message ne m'est transmis. Je n'ai pas accès non plus à une quelconque transcendance. Plutôt, en fait, à une forme d'immanence, comme si j'avais le pouvoir, la grâce de tenir l'univers dans ma main. Mes veines se remplissent de feu, l'impression d'appréhender le cosmos dans sa globalité me gagne. Je pense que je vis, à mon tour, ce moment lu sous la plume des mystiques quand les frontières entre le moi et le monde s'effacent, quand l'on exulte d'un moment de communion parfaite avec la Terre et, plus, quand surgit une épiphanie avec toute sa beauté et sa matière brute. Je ne rencontre pas – il faut le redire – le Dieu incarné des chrétiens ni ne vois un dieu anthropomorphique au visage humain, je découvre Celui de Spinoza lorsqu'il écrit : « Tout ce qui est, est en Dieu[1]. »

Car moi aussi je me sens en Dieu, je navigue en Lui. Je vogue au milieu de l'immensité de la Substance, poussé par le vent sur l'océan de l'Être.

1. Spinoza, *Éthique*, I, 15.

Mon corps et ma pensée baignent dans cet océan sans rivage dont aucun voilier ne pourra jamais faire le tour. Au sein de cette incommensurable immensité, j'ai saisi ce soir-là, sur l'Atlantique Sud, un crépuscule qui me lie à l'infini, un crépuscule d'éternité connecté à d'autres crépuscules, à d'autres océans, à d'autres cumulus teintés de rouge, à des Attributs innombrables, à l'infini. Je ressens la palpitation d'une coexistence. Mon univers, quelques instants auparavant circonscrit à mon corps et à ma vie, vient de s'élargir au cosmos tout entier. Je comprends, telle une évidence, que, où que je sois sur la planète, je suis dans la main de l'infaillible nécessité de Dieu. Je ne mourrai pas car ce serait Lui qui mourrait. Je ne tomberai pas car ce serait Lui qui tomberait. Je jouis d'une plénitude nouvelle en moi. Celle d'être en harmonie avec le monde, avec les mondes, avec le Tout.

Seul sur l'océan, isolé des hommes et de la terre, tout à coup je me suis senti relié au monde, au vrai. Comme un grain de sable partie intégrante du grand Tout. Je n'étais plus un « empire dans un empire », sûr de sa force, obsédé par son bonheur personnel et tremblant devant la perspective – certes lointaine mais réelle – de la mort à venir, un jour. Mais un être plein et conscient comprenant que le monde battait en lui et hors de lui. L'éternité d'avant moi et d'après moi, dans cet instant de grâce, s'impose et s'amplifie.

Pour la première fois, l'histoire du monde n'a pas commencé avec ma naissance un 24 février de la fin des années 1970. Et, pour la première fois, l'histoire ne s'arrêtera pas avec ma mort. Infime particule d'un grand mouvement temporel qui me dépasse et dépasse même l'histoire de l'humanité, je suis une miette du cosmos et le cosmos vogue en moi. Je ne suis rien, rien qu'une poussière de ce vaste mouvement cosmique. Je ne suis rien mais, pour la première fois aussi, me gagne l'impression de tenir le monde dans ma main. De toucher l'éternité. « L'homme n'est pas le seul à parler – l'univers aussi parle, tout parle – des langues infinies », lit-on chez le poète romantique allemand Novalis. Si le réel devait avoir une âme, si la nature devait être organisée comme un grand Tout, ce soir-là j'ai bel et bien senti vibrer en moi l'âme du monde. Et je suis allé au-devant des langues infinies parlées autour de nous par l'univers, langues et entités auxquelles nous sommes souvent, hélas, sourds.

Ce moment si personnel, par la suite j'ai préféré le taire. Puis, des années plus tard, j'ai fini par accepter l'idée de l'écrire et décrire. Étais-je apte à raconter une telle grâce ? Journaliste de formation – « un historien de l'instant », comme le disait Camus –, longtemps j'ai rapporté la vie de notre société, des entreprises, des hommes et des femmes qui font leur richesse, m'estimant bon à développer les aventures des autres, parfois les miennes, sans pour autant posséder la capacité de passer d'une écriture descriptive, de premier degré, à une figurative qui, telle une peinture, approcherait, par esquisses successives, une réalité qui la dépasse, la réalité qui nous dépasse. Avais-je un tel pouvoir ? Je ne l'aurais pas su tant que je n'avais pas essayé. Je me suis lancé.

C'est d'abord la lecture qui m'a donné envie de partager l'ineffable instant vécu sur l'Atlantique Sud. Comme si cette expérience devait se vivre à travers un mouvement quasi dialectique : aventure, lecture, écriture.

Plusieurs années après la Transat Jacques-Vabre, je suis tombé sur un texte d'Éric-Emmanuel Schmitt. Parti en randonnée dans le Grand Sud algérien, et plus particulièrement l'Atakor, région la plus haute et montagneuse du désert du Hoggar, l'écrivain s'était perdu et avait passé une nuit complète seul face au firmament étoilé et à l'angoisse de mourir. S'était ensuivie une expérience mystique qu'il avait baptisée « Nuit de feu », durant laquelle il avait ressenti cette présence de l'Absolu. « D'un coup, j'appréhende la totalité[1] », écrit-il. Et pour lui aussi l'expérience fut indicible. En lui aussi, les mots semblaient sonner creux alors qu'il voulait dire, décrire, faire ressentir, éprouver, comprendre l'infini d'une expérience totale. Ce que tous deux avons vécu échappe en fait au concept. La langue de Goethe, toujours très concrète, exprime parfois mieux la complexité, la subtilité d'un ressenti que le français. En allemand, le « concept » se dit *Begriff*, « ce qui saisit » : comme si le langage tentait vainement de saisir le réel en le conceptualisant, ne parvenait pas à exprimer l'ampleur de ce qui a été vécu. Raconter est une nécessité, partager, un impératif, mais les mots paraissent vides, inaptes à décrire l'immensité de l'expérience. « Une nuit sur terre m'a mis en joie pour l'existence entière. Une nuit sur terre m'a fait pressentir l'éternité. Tout commence[2] », écrit aussi Schmitt. Si cette expérience m'a donné la foi, une foi indicible, elle ne m'a pas tourné vers un Dieu incarné. Alors que l'écrivain, lui, semble franchir ce pas : « Il existe. Qui ? Qui est mon ravisseur[3] ? » « Mon »

1. Éric-Emmanuel Schmitt, *La Nuit de feu*, Livre de Poche, 2017, p. 136.
2. *Ibid.*, p. 187.
3. *Ibid.*, p. 140.

crépuscule de l'Atlantique Sud m'a plutôt détourné de la religion telle qu'elle se pratique dans des lieux de culte. Le discours des prêtres à l'autel des églises, en chaire des transepts, du haut des quelques marches qui les élèvent vers Dieu et les éloignent de nous ne m'a même jamais paru aussi vide qu'après cette expérience totale. Et pour cause, là, j'avais embrassé le cosmos, touché l'éternité le temps d'un coucher de soleil. Bien sûr, je ne pouvais pas affirmer avoir la certitude que quelque chose d'autre existait, mais une douce conviction m'habitait. Peut-être est-ce cela, finalement, la foi !

Je m'interroge souvent sur la cohérence de mon chemin de vie et l'utilité des études de philosophie sur un voilier voguant au beau milieu de l'océan. Un courrier reçu dans une boîte aux lettres mise à disposition des navigateurs par l'organisateur de la Solitaire du Figaro m'en donna un jour une nouvelle occasion. À l'intérieur de l'enveloppe, juste quelques mots signés d'un ancien condisciple de khâgne retrouvé sur les bancs de la faculté : « La philosophie conduit à tous les chemins. Bon vent camarade. » Avait-il raison ? Hélas, non. Car sur ce chemin des eaux et mers, jamais la philosophie ne m'avait apporté une quelconque aide. Mes adversaires, eux, étaient souvent passés par des écoles d'ingénieurs tant il est plus utile de comprendre et savoir calculer les efforts sur un matériau pour courir au large que d'avoir aimé Platon et Kant. Et jusqu'à ce crépuscule miracle, la lecture des grands noms de cette discipline ne m'avait rien apporté une fois le pied posé sur un pont. Du moins le croyais-je : car peut-être était-il en fait écrit que ces années d'études ne me serviraient qu'à une chose : ne pas passer à côté du moment de grâce cosmique éprouvé et être capable de le décrypter, de le penser et, un jour, de le partager ?

Connaître Spinoza aide à penser ce ciel mourant si particulier de l'Atlantique Sud. Sa vision distingue en effet trois genres de connaissance. L'opinion et l'imagination, qui constituent le premier, nous maintiennent dans la servitude. La raison, deuxième genre, permet, elle, de connaître et ordonner nos affects. Quant au troisième, c'est grâce à lui que l'homme saisit la relation entre une chose finie et une autre infinie, entre l'existence modale du corps et de l'esprit, et l'existence éternelle des attributs divins. C'est par ce lien que nous percevons l'adéquation entre notre monde intérieur, ordonné par la raison, et la totalité de l'être, et le cosmos, entre nous et Dieu. Cette intuition procure une grande béatitude car elle fait entrer chacun en résonance avec l'immensité.

J'ignore si j'ai éprouvé un sentiment de béatitude au sens où l'entend Spinoza, mais je sais m'être senti bien comme jamais.

Cette expérience était, notons-le, éminemment personnelle, intime même, puisque mon coéquipier, appelé sur le pont, lorsqu'il est sorti, a confirmé un spectacle magnifique avant de s'en retourner en cabine disséquer les fichiers météo devant son ordinateur. Lui n'affronta aucune grâce autre ni ne s'en imbiba. J'ai donc savouré cette expérience d'éternité seul. Comme un moment hors du temps, sans commencement ni fin, gagné – pour la première et seule fois de ma vie – par la certitude que je pouvais exister au-delà de la temporalité. Osons les termes grandiloquents mais sincères : soudain, je me suis senti au diapason de la symphonie cosmique. Ce n'était donc en rien une expérience mystique au sens chrétien, n'éprouvant pas la moindre union à Dieu *via* la foi, mais la communion avec un Dieu immanent, l'immersion dans la totalité du monde. Mon esprit était une vague se fondant dans une masse liquide immense, avec laquelle elle aurait fait corps. Mes mouvements ne se dissociaient plus de ceux de l'océan. Il n'y avait plus de frontière entre moi et l'autre. Étais-je aspiré par l'eau qui m'entourait ou l'océan pénétrait-il en moi ? Étais-je happé par l'univers ou était-ce lui qui entrait en moi ? Peu importe car la frontière entre mon corps et le monde disparaissait, littéralement balayée par ce coucher de soleil. Comme si je n'avais jamais compris auparavant combien le monde est beau, l'océan majestueux, je réalisais que le cosmos n'est pas de la matière mais une présence vivante, un fluide dont j'étais une minuscule parcelle, goutte d'eau perdue, éperdue, dans un torrent. Ce soir-là, loin de la terre, le monde m'est, en somme, apparu pour la première fois.

Combien de temps durèrent ces instants ? Je ne saurais l'écrire. Le temps était désarticulé, impossible à quantifier. Une seconde semblait l'éternité, une heure le souffle d'un court instant. Allégé et enrichi, empli et vidé, je n'étais plus le moi d'avant. L'océan m'avait offert d'intenses contemplations mais celles-ci me renvoyaient souvent à ma finitude, l'immensité de la nature me faisant comprendre la fragilité comme la fugacité de ma présence ici-bas, entraînant frustration et souffrance plutôt que plénitude. Mais cette fois-ci, pas de vide en moi, non : plutôt l'impression d'être empli à pleins bords. Plutôt l'impression d'échapper enfin au flot mortifère de la temporalité humaine, un peu comme le poète anglais Richard Jefferies qui écrit au milieu d'un cimetière : « La grande horloge du firmament, le soleil, et les étoiles, le croissant de la lune, la terre qui tourne deux mille fois ne sont pour moi rien de plus que le courant du ruisseau lorsque j'en ai retiré ma main ; mon âme n'a jamais été et ne peut jamais être immergée dans le temps. [...] L'éternité est là, maintenant, je suis dedans. Elle est autour de moi dans l'éclat du soleil. Je suis en elle comme le papillon qui flotte dans l'air saturé de lumière. Rien n'est à venir. Tout est déjà là[1]. »

En ces instants aspirés, inspirés, d'une immensité et intensité autres, un sentiment de joie et de béatitude me possédait. Une joie qui n'avait rien de commun avec celles provoquées par les événements d'ici-bas. Quelques heures auparavant, mon contentement avait pour objet la sixième place acquise de haute lutte sur cette transat et la sortie du pot au noir synonyme de début du sprint final vers le Brésil. Mais là, ma joie n'avait pas de cause, de sujet, de raisons : elle était tournée sur elle-même. Improbable et magique. Et elle allait m'insuffler la force de poursuivre, des années et des années, mes aventures sur les océans du globe.

1. Richard Jefferies, *The Story of my Heart.* Cité par Michel Hulin, *La Mystique sauvage. Aux antipodes de l'esprit*, PUF, collection « Quadrige », 2014, p. 57.

5

Rester un homme, les mers du Sud

« C'était la grande pitié du froid et de la mort[1]. »

Sylvain Tesson

Je les fantasmais tout autant que j'en rêvais. Après avoir traversé à maintes reprises l'Atlantique, mon regard s'est naturellement porté vers le sud et ces latitudes aux noms effrayants : « quarantièmes rugissants » et « cinquantièmes hurlants » – comme si ce qui échappe à l'emprise de notre civilisation devait avoir un intitulé qui dissuade quiconque de s'y aventurer.

En partant de France, il n'y a guère d'occasions de s'y rendre. Sauf, éventuellement, descendre jusqu'à Gough Island, une île volcanique de l'Atlantique Sud, mais qui n'est située qu'aux portes des quarantièmes. Or l'intérêt des mers du

1. Sylvain Tesson, *La Panthère des neiges*, Gallimard, p. 116.

Sud n'est pas d'y faire une incursion rapide mais de les traverser tel un marcheur arpentant un désert, afin d'affronter sans esquive leurs conditions hostiles. Une fois un voilier engagé dans ces mers australes, il est en effet comme lancé sur un grand tapis roulant dépressionnaire qui a le cap Horn comme unique porte de sortie. S'ouvre là le royaume du désespoir, du gris à perte de vue, des embruns glacés. De la nudité totale et hostile.

Des oiseaux magnifiques, à la fois gardiens de cette contrée où l'Homme n'est pas censé se rendre et spectateurs de son évolution à travers la jungle océanique, jouent les messagers et viennent escorter – dissuader ? – le marin qui s'y aventure. Et mieux vaut qu'ils soient là pour se croire vivants dans cet océan qui ressemble aux étendues vides et enneigées du Grand Nord. « Un grand silence régnait sur la terre et cette terre était désolée, sans vie, sans mouvement, si vide et si froide qu'elle n'exprimait même pas la tristesse, écrit Jack London. Quelque chose en elle suggérait le rire, mais un rire plus terrible que toute tristesse – un rire morne comme le sourire d'un sphinx, un rire froid comme le gel et d'une infaillibilité sinistre. C'était la sagesse puissante et incommunicable de l'éternité qui riait de la futilité de la vie et de l'effort de vivre. C'était la forêt sauvage, la forêt gelée du Grand Nord[1]. » La mer de glace et de froid des mondes ennemis, serais-je tenté d'ajouter.

Entrer dans ces régions revient à accepter la règle du jeu d'un voyage sans demi-tour possible. Dès lors, elles méritent préparation, précision et volonté. La meilleure occasion de les découvrir est de participer au Vendée Globe, ce tour du monde en solitaire sans escale et sans assistance dont la moitié du parcours a ces latitudes reculées pour terrain de jeux.

Sur les océans, il est difficile de matérialiser l'arrivée dans une nouvelle région. À la différence du voyage terrestre, aucune frontière humaine ou naturelle, barre montagneuse ou rives ombragées ne matérialisent la transition géographique. Aussi, pour moi, cette transition fut intérieure.

Afin d'atteindre les mers du Sud, il convient de contourner les calmes de l'anticyclone de Sainte-Hélène, qui, pour l'esquif de passage, fait office de bouclier contre les dépressions australes. Durant les trois jours nécessaires à la sortie de cette zone tempérée aux vents erratiques, je ressentais une angoisse comme je n'en avais jamais

1. Jack London, *Croc-Blanc* (1906), Le Livre de poche, 1976.

éprouvé. Une peur sans objet me prenait aux tripes. Impossible de me raisonner et de m'en départir. Une trouille viscérale qui ne cessa qu'une fois le bateau lancé sur la première dépression, une fois l'océan devenu gris et montagneux après les plaines et le bleu turquoise de l'anticyclone. Enfin, cette fois, j'y étais. Alors l'angoisse, qui devait être l'appréhension de l'inconnu, se dissipa.

Au fond, les mers du Sud ne tolèrent pas les peurs. Il faut s'y jeter de tout son être, tant, ici, il n'y a pas âme qui vive, tant, ici, la première terre se trouve à plusieurs milliers de kilomètres. Tant, ici, règnent la désolation et le maussade, le bouché, le couvert et ce ton incertain tendance déprime et frimas : le gris. Tant, ici, remontent en soi des leçons de Pierre Loti tellement appropriées. Dans *Le Désert*, récit du voyage de l'écrivain confronté à la spiritualité, entre Suez et Jérusalem au printemps 1894, il raconte « une lente promenade, au pas des chameaux berceurs, dans l'infini du désert rose[1] ». Son périple est géographique et spirituel, mais surtout dialectique car il faut en passer par une forme de cessation de vie, par un moment de négativité pour se connecter à la terre et atteindre une certaine paix intérieure ainsi que

1. Pierre Loti, *Le Désert* (1896), Payot, coll. « Petite bibliothèque Payot-Voyageurs », 2010, p. 65.

la plénitude de son âme, explique-t-il. Or, autour de lui, tout n'est que désolation, vide et mort. « Quel isolement ici, et quelle paix sépulcrale, avec la sensation de n'avoir autour de soi, de tous côtés et indéfiniment, que le linceul du désert ! » Eh bien, si dans les mers du Sud tout n'est que mouvement, à la différence du désert figé dans une sorte d'éternité mortifère qu'il évoque, la présence de la mort saute aux yeux et à la gorge précisément dans les multiples et sinistres teintes de gris qu'on y voit, dans la conscience de l'éloignement absolu – que les oiseaux n'arrivent pas à compenser – qu'on y sent, dans la rudesse des dépressions, grains et coups de vent qui ne s'embarrassent pas de contrastes qu'on y constate, une rudesse qui amène le navigateur à trouver en lui un supplément d'âme pour arriver à dépasser les difficultés quotidiennes, donc grandir.

Si bien que je n'ai jamais eu autant la sensation d'être vivant qu'à ces latitudes australes. Là-bas, chaque journée est un condensé d'intensité qui fait passer un homme par tout le nuancier des émotions possibles : l'espérance d'une journée sans ennui à l'aube, le désespoir d'un nouveau désagrément qu'il va falloir surmonter, la joie quasi hystérique d'avoir dépassé l'épreuve du jour bientôt suivie par un sentiment d'invincibilité, puis l'émotion anxieuse devant la mer qui, d'un coup, se fait noire sous un grain, se pare de stries obliques qui délimitent le passage de la pluie et l'entrée dans le vent fort, enfin la lassitude éveillée, forcément éveillée au cœur de la nuit.

Bernard Moitessier, le pionnier poète des mers du Sud, résume le sentiment de petitesse face à cet océan puissant et la grandeur intacte de l'homme qui le traverse en notant : « Mais sous les hautes latitudes, si l'homme est écrasé par le sentiment de sa petitesse, il est porté aussi, protégé, par celui de sa grandeur. C'est là, dans l'immense désert de l'océan Austral, que je sens pleinement à quel point l'homme est à la fois un atome et un dieu. Et quand je monte sur le pont à l'aube, il m'arrive de hurler ma joie de vivre en regardant le ciel blanchir sur les longues traînées d'écume de cette mer colossale de force et de beauté, qui parfois cherche à tuer. Je vis, de tout mon être. Ce qui s'appelle vivre. Et peut-être faut-il aller plus loin encore en regardant la mer[1]. »

Quel étrange contraste que celui offert par cette région de désolation dont la brutalité décuple le sentiment de vie de celui qui ose s'y rendre. L'océan Indien réserve à ses visiteurs une mer hachée par

1. Bernard Moitessier, *La Longue Route* (1971), J'ai Lu, 2012, p. 308.

des courants chauds et froids contradictoires et l'enchaînement infatigable de dépressions : vent de nord forcissant, front, pluie, vent d'ouest puis vent de sud-ouest qui vient déchiqueter les flots orientés dans l'autre sens par le passage du vent précédent. Alain Colas disait : « Malgré la grandeur et l'immensité, c'est un lieu de désespérance où il ne fait pas bon s'attarder, un pays de tristesse où il faut avoir le cœur bien accroché[1]. »

L'enchaînement inéluctable des dépressions pousse indéfiniment le bateau vers l'est, vers la lointaine porte de sortie du cap Horn. Imaginez une ascension de l'Everest parsemée des multiples pièges de la nature qui vous porteraient vers le sommet. À la différence près que l'on ne vise pas le toit du monde mais le bout de celui-ci. Avec comme accompagnateurs, curieux et criards, des albatros et des pétrels, une cinquantaine suivant le sillage, intrigués de voir un îlot de l'humanité croiser en eaux troubles. Les oiseaux admirent-ils le passage du bateau, son étrave qui fend les flots, les foils qui le font décoller et accélérer ? S'il nous est autorisé d'admirer ces contrées sauvages, pourquoi leur dénier le droit à une certaine forme de curiosité, eux voyant débouler

1. Alain Colas, *Cap Horn pour un homme seul*, Flammarion, coll. « l'Aventure Océane », 1977, p. 124.

sur leur territoire des objets aussi étranges que ce mastodonte noir en carbone ?

Naviguer dans ces zones revient à traverser un royaume de ténèbres. Le gris, comme je l'ai déjà dit, est la couleur dominante. Le ciel, les nuages, l'horizon, l'océan, tout est tellement gris qu'on en vient à croire que cet endroit improbable a été conçu par le Créateur pour que les hommes en détournent leur route ! D'autant que les tempêtes s'abattent sur mon chemin autant que les ennuis sur mon destin. Alain Colas décrit cette zone durant son tour du monde sur *Manureva* en 1973 en des termes éloquents auxquels j'acquiesce : « Depuis que je navigue dans l'océan Indien, je reçois coup de vent sur coup de vent, toutes les trente-six heures environ. Je passe mon temps à manœuvrer et à réparer les avaries, ma voilure ne cessant d'être malmenée. [...] Il arrive que ces lames de sept mètres me shootent comme une vulgaire boîte de conserve dans un caniveau. À peine ai-je réparé les dégâts de la veille qu'il faut attaquer un nouveau coup de vent[1]. »

Au fond, l'océan Indien est le pire des océans. Les vagues, les coups de vent à répétition le transforment en un désert d'eaux brusques et

1. Alain Colas, *Cap Horn pour un homme seul*, *op. cit.*, p. 112.

sournoises, imprévisibles et violentes, redoutable à traverser. En arriver au bout – si je puis écrire – ne résout rien pour autant car après lui vient un nouvel océan qui n'a de Pacifique que le nom ! Les dépressions s'y enchaînent en effet avec la même régularité implacable, et il faut régulièrement regarder derrière soi pour découvrir les zones de basse pression se former et arriver sur la trajectoire de son bateau. Comme rien n'est figé ou immuable, certaines viennent aussi du nord, résidus de dépressions tropicales qui comptent parmi les plus redoutables. Le seul rayon de soleil du Pacifique, c'est finalement l'océan lorsqu'il se range peu à peu et se décline en une grande houle et non plus en espace chaotique et insensé. Reste néanmoins une vérité formidable à celui qui est le plus grand des océans : porter en lui la promesse du Graal, le but du voyage : le cap Horn.

Si ma première traversée des mers du Sud a été un succès pour l'homme, elle demeure le grand échec de ma vie de marin. Car j'y suis arrivé en conquérant, porté par la force de mes rêves d'Everest personnel, mais j'ai vite vu ces latitudes sauvages dissoudre mes intentions dans le chaos de l'océan. Peu à peu, tel un boxeur qui perd le fil du combat sous les coups de l'adversaire, j'ai plié sous la force brute de la nature hostile. Peu à peu, je me suis recentré sur les besoins primaires : boire, manger, dormir, faire mes besoins, tant rien d'autre ne comptait plus que de traverser ces régions et surtout en sortir – m'en sortir ! La course n'existait plus, seuls restaient l'océan, ces déserts qui m'entouraient, ce bateau que j'aimais et auquel je parlais davantage chaque jour. De fait, « être en course » ici avait-il un sens ? « Je désapprouve la course pour un tel voyage où l'homme devrait rester lui-même sans esprit de lutte contre les autres, disait Bernard Moitessier. L'esprit de compétition risquerait de faire perdre de vue l'essentiel : cette course au bout de soi-même, cette recherche d'une vérité profonde avec pour seuls témoins la Mer, le Vent, le Bateau, l'Infiniment Grand et l'Infiniment Petit[1]. »

Le grand navigateur avait raison, la traversée des mers du Sud ne peut se suffire du costume étriqué de compétition sportive que beaucoup lui mettent, elle n'est pas non plus une traversée avec un sens géographique – un voyage en somme –, mais une quête métaphysique. Libre à qui veut de traverser ces zones avec le seul objectif sportif en tête, mais qu'il ou elle sache que ce sera alors passer à côté du sens profond de son parcours.

1. Bernard Moitessier, dans la revue *Bateaux* en 1968, *in* Jean-Michel Barrault, *Moitessier. Le Long Sillage d'un homme libre*, Seuil, 2004, p. 86.

Durant cette interminable traversée, durant des heures j'ai contemplé le cap Horn sur ma carte comme s'il s'agissait d'un faible rayon de lumière au bout d'un tunnel, tunnel semé de souffrances et de galères, tapissé par l'ombre de mes démons intimes.

L'épreuve dura trente-huit jours. Durant cette immense navigation du cap de Bonne-Espérance au Horn, à travers l'océan Indien, au sud de l'Australie, puis le Pacifique Sud, je ne me suis pas lavé. Je ne me rappelle pas avoir utilisé ma brosse à dents plus d'une dizaine de fois. Je n'ai pas nettoyé l'intérieur de ma cellule de vie. J'ai tout enduré en ours, en ermite, en anachorète frigorifié dans les 5 degrés de la cabine, gelé par une température du pont souvent proche de zéro, glacé par des embruns à 7 degrés qui giflent le visage et brûlent les mains. Tout était violence, hostilité, rudesse, éléments déchaînés. Se mettre à l'avant du bateau, c'était avoir l'impression de surfer des vagues possédées par le diable, et regarder de chaque côté de l'étrave donnait le sentiment de fendre ces étendues infinies d'où ne sortirait vivante que la mort. Les mers du Sud ont eu raison de moi, m'ont transformé en animal. L'océan m'avait toujours habitué à des moments de rédemption – le calme après la tempête, une éclaircie qui déchire un ciel de dépression et permet, quelques instants, de voir la vie sous un autre jour –, mais ici, rien. Rien qui puisse apporter une trêve – même brève – à mon âme. « C'est un véritable pays de misère où les vagues bousculent le bateau, et ça enfle et ça vente sans relâche ni merci[1] », racontait aussi Alain Colas.

Ces contrées, je les avais rêvées, j'avais travaillé comme jamais pour les connaître et les mériter, et, une fois là-bas, j'ai eu l'impression de ne pas en profiter, même de vouloir m'en débarrasser. Car je me suis battu comme un lion pour les affronter et m'en défaire ! Et ce n'est qu'une fois sorti de leurs griffes, peu après les îles Malouines et les jours ayant suivi le passage libérateur du cap Horn, à l'abri de la cordillère des Andes et du continent sud-américain, qu'est venue l'irrépressible envie, déjà, d'y retourner. Cet instant, je m'en souviens comme si je le vivais encore.

Assis à l'arrière du bateau, la première éclaircie depuis des jours et des jours, qui semblent être une éternité, caresse mon visage meurtri. Et me revient en mémoire – par quel chemin de la pensée, je l'ignore – une conversation survenue dans un train entre Paris et la Bretagne, huit mois auparavant. Ce jour-là, le hasard du système de réservation et d'octroi des sièges de la SNCF m'avait

1. Alain Colas, *Cap Horn pour un homme seul*, *op. cit.*, p. 114.

fait prendre place dans le wagon face à Thomas Coville, un illustre marin français, fin connaisseur des mers du Sud puisqu'il les avait déjà traversées à plusieurs reprises en solitaire. « Tu vas voir, le plus compliqué là-bas, c'est de rester dans la performance, m'avait-il dit. Si tu devais dessiner ta courbe de performance et de lucidité intellectuelle tout au long de la route, tu la ferais partir d'un point haut du fait de la préparation avant le départ, puis tu la verrais chuter inexorablement avant de la faire légèrement remonter à la fin du voyage en raison de l'expérience accumulée au fil des milles. Le défi est donc de lutter contre cette chute de ta courbe de performance. Moi j'ai trouvé un moyen, noter tout sur un tableur Excel : quand je me lave, quand je nettoie les miettes autour de mon coin cuisine, si je me rase, ce que je mange et si je chie. » Ces mots n'avaient trouvé aucun écho en moi, tout au plus avais-je pensé que je parlais à quelqu'un qui ne possédait pas le même logiciel intime que le mien. Et là, des semaines plus tard, la pertinence de son conseil me saute aux yeux. Il m'a fallu une première expérience dans ce pays de l'ombre pour comprendre. Pour appréhender réellement, dans mes muscles, mes veines, mes neurones, mon âme, même, ce qu'est la force de la nature à l'état brut, à quoi correspond la marche en avant du monde sauvage si violent là-bas, ce tout imprévisible et inimaginable tant qu'on ne l'a pas enduré, qui transforme le visiteur en animal.

Une vérité m'est apparue : l'homme ne viendra jamais à bout de ces mers. La métaphore guerrière du combat contre l'océan ne colle pas à la réalité de ce qui se joue si loin. Car, dans le Sud, seul l'océan décide qui poursuit sa route et qui se verra refuser le passage ; cet océan ne tolère pas les imposteurs. La seule marge de liberté du navigateur est celle d'arriver à rester un homme pour accompagner, à l'aune de sa raison, ce fulgurant coup de pied qui le pousse vers la sortie des ténèbres. Le combat ne se joue pas contre les forces de la nature mais en soi. La quête est simple : rester un humain.

Le tableur Excel de Thomas Coville n'est, au fond, qu'une médiation pour tenter de garder ce statut et ne pas sombrer dans la bestialité. Ce que le génial Michel Tournier avait su sans même être allé en ces mers furieuses. Son Robinson, perdu sur l'île d'Esperanza, n'oscille-t-il pas perpétuellement entre la dérive vers l'animalité et son maintien au rang d'homme ? « La foule de ses frères, qui l'avait entretenu dans l'humain sans qu'il s'en rendît compte, s'était brusquement écartée de lui, et il éprouvait qu'il n'avait pas la force de tenir seul sur ses jambes. Il mangeait, le nez au sol, des choses innommables. Il faisait sous lui et manquait rarement de se rouler dans la molle tiédeur de ses propres déjections[1]. »

Comment, en effet, rester un humain sans l'effet structurant des autres ? Par la discipline d'un journal de bord tenu quotidiennement ou en repeuplant le monde de personnages symboliques ou imaginaires ? « S'arrachant à la souille, Robinson cherche un substitut d'autrui, capable de maintenir malgré tout le pli qu'autrui donnait aux choses : l'ordre, le travail, détaille Gilles Deleuze. L'ordonnance du temps par la clepsydre, l'instauration d'une production surabondante, l'instauration d'un code de lois, la multiplicité des titres et fonctions officielles dont Robinson se charge, tout cela témoigne d'un effort pour repeupler le monde d'autruis qui sont encore lui-même, et pour maintenir les effets de la présence d'autrui dans la structure défaillante[2]. »

Une histoire vraie, qui a donné un livre étonnant paru en 2003, dévoile ce besoin de se créer des « outils » ou « compagnons de route », même imaginaires, pour ne pas devenir fou. Celle de Tavae, un pêcheur tahitien qui passa plus de cent

---

1. Michel Tournier, *Vendredi ou les Limbes du Pacifique*, Folio, 1972, p. 40.

2. Gilles Deleuze, *Logique du sens*, Minuit, coll. « Critique », 2015, p. 365.

dix-huit jours à la dérive, seul, dans le Pacifique Sud. Parti de Tahiti pour pêcher le mahi-mahi un beau jour de mars 2002, son bateau tombe en panne non loin de Moorea. Mais le vent de nord lui fait rater la pointe de l'île. Le scénario se répète à Maiao. Alors s'ouvre sous son étrave, ballottée par la houle du Pacifique, une immensité vide qui pourrait le conduire jusqu'aux lointaines îles australes. S'ensuit une dérive de plus de 500 milles, jusqu'au moment où, après près de quatre mois d'errance, apparaît One Foot Island, un minuscule motu d'Aitutaki, île de l'archipel des Cook.

Dans son récit livré au journaliste qui écrit son témoignage, tous les réflexes de l'homme seul émergent. Pour satisfaire le besoin de se réapproprier le calendrier, de ne pas disparaître dans l'immensité abyssale d'une temporalité non maîtrisée, il indique chaque journée d'une encoche sur l'une de ses fusées de détresse, la dernière qui lui reste et qu'il enverra, après plus d'un mois de solitude, en ayant aperçu un chalutier qui ne le vit pas et poursuivit sa route sans le secourir. Pour ne pas sombrer dans la folie du mutisme permanent, il remplit le besoin viscéral de dialogue avec une altérité en se mettant à parler avec des défunts ou des êtres chers qui lui manquent. Voire avec des poissons. Ainsi, alors que la carène de l'embarcation commence à se recouvrir d'algues et de coquilles qui lui font penser à l'arrivée de la mort – ce fragile support perdu au milieu de l'immensité océanique est en train de pourrir, de se dissoudre dans l'eau, pense-t-il –, il remarque que les algues attirent une multitude de poissons qui vont devenir ses compagnons d'infortune. Les heures de discussion qu'il entretient avec eux meublent bientôt ses journées et surtout lui épargnent un face-à-face avec lui-même synonyme de folie. « Pour la première fois, j'avais trouvé le moyen de parler à des êtres vivants, et non plus seulement à des défunts, comme si j'en étais un moi-même. Cela avait réveillé en moi l'appétit de vivre[1]. »

Le tableur Excel de Thomas Coville, l'organisation de Robinson, les amis imaginaires de Tavae sont des armes pour, bien que seul, rester un homme quand le poids de la nature hostile écrase. Et moi, bien qu'averti, je n'ai pas vu le danger venir. Ni compris d'emblée que la sauvagerie de la nature pouvait avoir raison de ma motivation la plus profonde.

Dans les mers du Sud, je n'ai pas su recréer ces médiations capables de me maintenir à un niveau

1. Tavae Raioaoa, *Si loin du monde*, Oh ! Éditions, 2003, Pocket, p. 85.

suffisant d'humanité. Je me suis parlé, certes, j'ai parlé à mes voiles aussi, mais ce n'était pas assez. « Dès lors, je suis avec une horrible fascination le processus de déshumanisation dont je sens en moi l'inexorable travail, poursuit Tournier. Je sais maintenant que chaque homme porte en lui – et comme au-dessus de lui – un fragile et complexe échafaudage d'habitudes, réponses, réflexes, mécanismes, préoccupations, rêves et implications qui s'est formé et continue à se transformer par les attouchements perpétuels de ses semblables. Privée de sève, cette délicate efflorescence s'étiole et se désagrège. Autrui, pièce maîtresse de mon univers[1]. » C'est si vrai ! Recréer la présence d'autrui près de soi et les conditions d'une vie en société ou d'une existence humaine loin de la bestialité rude et primaire vers laquelle précipitent la solitude et la nature est, en ces lieux et circonstances, indispensable. Quand il ne trouve d'autre solution pour rester un homme que de rédiger un code pénal, d'écrire un journal de bord – « Il lui semblait soudain s'être à demi arraché à l'abîme de la bestialité où il avait sombré et faire sa rentrée dans le monde de l'esprit en accomplissant cet acte

1. Michel Tournier, *Vendredi ou les Limbes du Pacifique*, *op. cit.*, p. 56-57.

sacré : écrire[1] » –, d'autre solution que de mesurer le temps au moyen d'une clepsydre ou d'un calendrier – « En restaurant mon calendrier, j'ai repris possession de moi-même[2] » –, de s'habiller tel un noble propriétaire terrien de son île du bout du monde tous les samedis pour le dîner, de mettre en place des lois semblables à celles de n'importe quelle république – « Il éprouvait une fois de plus que, contre les effets dissolvants de l'absence d'autrui, construire, organiser et légiférer étaient des remèdes souverains[3] » –, eh bien, Robinson fait la même chose que Coville deux siècles et demi plus tard avec son fichier Excel ou Tavae avec ses interlocuteurs imaginaires : il lutte contre l'érosion d'une humanité que le monde sauvage assaille, attaque, risque de dissoudre puis disloquer, évite le face-à-face trop pesant avec soi-même.

Ces lectures et cette rencontre ont éclairé d'un jour différent ma première traversée des mers du Sud et ont chevillé en moi l'envie d'y retourner, cette fois plus aguerri, charpenté, averti. L'envie de retrouver le tapis roulant diabolique, les mers croisées de l'entrée dans

1. *Ibid.*, p. 48.
2. *Ibid.*, p. 64.
3. *Ibid.*, p. 83.

l'Indien, la longue houle du Pacifique, le vol majestueux de l'Albatros, le sentiment de vide au point Nemo, la brûlure des embruns frigorifiants, l'adrénaline qui monte à l'approche des glaces, le halo lumineux que produit au loin sur le tribord, la nuit, la réverbération de l'Antarctique sous le soleil de l'été austral, est revenue en moi.

Pour ces mammifères marins croisés entre deux dépressions peu après la longitude de la Nouvelle-Zélande. Pour ces couchers de soleil trouant parfois le royaume des ténèbres afin d'apporter un bref réconfort orangé à la rétine. Pour la vue des montagnes de Patagonie annonciatrice du cap Horn après la tempête. Pour tout cela, mais surtout pour essayer de les traverser en restant un homme, je sais que j'y retournerai. « Il reprendrait en main son destin. Il travaillerait. Il consommerait sans plus rêver ses noces avec son épouse implacable, la solitude[1]. »

1. *Ibid.*, p. 45.

6

Quitter ce monde pour retrouver l'autre

> « Nous sommes tous devenus des astronautes, entièrement déterritorialisés. »
>
> Michel Serres

Le phare posé sur la jetée face au large, dernière sentinelle du monde habité. Puis, après quelque moment de navigation, ce point où, peu à peu, la terre s'évanouit dans la brume. La nuit, ces instants où les lumières de la côte se perdent en un halo qui progressivement disparaît telle une flamme qui vacillerait puis s'éteindrait au creux de la pénombre. Enfin le large, enfin l'ailleurs. Enfin la liberté.

Après quelques heures au large, dès que je suis seul sur l'immense espace océanique, je renoue avec mes habitudes, tel l'enfant heureux de retrouver les repères de sa chambre après la longue absence des grandes vacances. Le nuage de vapeur de mon plat lyophilisé en train de chauffer. Le siège de veille et la vue imprenable sur mes voiles, le ciel, mon sillage. La chaleur de ma couette en laine polaire. Mon ordinateur sans cesse allumé et son savant logiciel de cartographie qui matérialise ma présence au milieu du grand bleu que je parcours. Et puis le sentiment de me recentrer sur l'écoute de l'océan, sur le bruit des vagues contre la coque, la conviction de voir, dans les nuages, la forme des vagues ou le sens de la houle des indicateurs du temps qu'il va faire et de ce que sera ma vie durant les prochaines heures. Si, en ville, l'alternance du jour et de la nuit est devenue, au fil des décennies, un faible indicateur lointain du temps qui passe, au large, chaque matin le soleil se lève pour moi ! Le temps qu'il fait ne conditionnera pas uniquement l'ouverture ou la fermeture de ma fenêtre, il déterminera mon existence même, tel le paysan qui, autrefois, regardait le ciel pour savoir s'il pourrait cultiver, ou le pêcheur d'antan qui le scrutait afin d'apprendre s'il arriverait à relever ses filets. Lorsque je suis affalé dans mon fauteuil de train ou d'avion, je vois distraitement, par la fenêtre ou le hublot, un paysage qui défile tel un décor sans consistance. Pour ainsi dire, je ne *regarde* rien. Je suis souvent d'ailleurs plutôt absorbé par mon smartphone ou par la lecture du journal, soucieux de ne pas gaspiller de précieuses minutes dans cette course effrénée qu'est la vie non maritime. Au large, la course après le temps cesse, le monde s'offre à moi dans sa majesté et son immédiateté. Mon bateau me conduit d'un port à un autre mais il me pousse également de ce monde-ci, terrestre, à l'autre monde, le vrai !

Notre humanité vit un étrange paradoxe. Jamais les sciences et les technologies ne nous ont autant permis de mieux percer les secrets du réel. Jamais les moyens de communication et les outils de l'information ne nous ont autant donné une conscience et une connaissance globales du globe. Néanmoins, un fossé se creuse entre deux mondes. Entre celui de la nature, qui est notre hôte depuis toujours et le sera jusqu'à l'extinction – possible – de notre espèce et celui de la communauté humaine, univers parallèle fait de médiation, de réseaux qui nous connectent virtuellement les uns aux autres. Toute l'humanité est tournée sur elle-même, dans une sorte de mouvement d'accélération, de globalisation, de marchandisation qui lui fait perdre racine avec l'univers qui l'héberge.

Si bien que nous vivons désormais dans un monde sans cosmos, un monde du présent, de l'immédiateté, aux distances abolies par des technologies toujours plus puissantes. La société contemporaine réduit le « temps » au sens du « temps » qu'il va faire et des saisons, puisque nous ne regardons plus le ciel que pour savoir comment nous habiller ou si nous allons pouvoir partir en week-end. Mais elle tue également le « temps » qui passe, le rapport à la temporalité, en nous déconnectant du rythme de la nature, de la grande marche du monde, nous enfermant dans une immédiateté effrénée. Nous voulons tout savoir tout de suite ; d'un clic je peux me retrouver connecté à une webcam au cœur d'une ville américaine, acheter de l'électroménager qui partira quelques instants plus tard d'un entrepôt Amazon situé à des milliers de kilomètres ; réserver un billet d'avion qui me permettra de me retrouver de l'autre côté de la planète quelques heures plus tard. La Terre a été transformée en immense supermarché, en train fou toujours plus rapide déconnecté du réel, de ce que nos ancêtres appelaient « la nature ». Nous vivons confinés, dans de grandes conurbations, à l'intérieur de nos voitures, de nos appartements, et notre rapport à Gaïa n'a plus rien d'immédiat. Il s'est réduit à une affaire de langages : le langage vrai de la science, le langage normatif de l'Administration et des politiques, le langage sensationnel des médias, le langage vide des réseaux sociaux. De la communication et pas de sens, du parlé virtuel et rien de réel ! « De la nature dont nous parlions autrefois, monde archaïque dans lequel nous vivions plongés, la modernité appareille, dans son mouvement croissant de déréalisation », écrivait déjà Michel Serres, en 1992. C'était hier mais, au rythme où vont nos sociétés déracinées et hyperconnectées, c'était il y a mille ans. « Devenue abstraite, inexpérimentée, l'humanité développée [...] n'a plus rapport, dans les villes, à la vie ni aux choses du monde. Vautrée dans le doux, elle a perdu le dur. Voyageuse et parlière, informée. Nous ne sommes plus là. Nous errons, hors de tout lieu[1]. »

Or cette dérive n'a rien d'inéluctable. Il existe, aujourd'hui encore, des moyens de fendre la coquille virtuelle dans laquelle nous enferme notre « modernité » et de renouer avec l'essentiel : c'est l'aventure !

La navigation sur les océans, loin du monde habité, est l'une des aventures qui permet de se couler à nouveau dans le flux de la nature, telle une feuille poussée par les eaux d'un torrent. « Sortir de ce monde pour pénétrer dans un autre, où rien ne sera pareil, cela se dit appareiller, précisait le même philosophe. Munis de leurs

1. Michel Serres, *Le Contrat naturel*, Flammarion, coll. « Champs essais », 1992, p. 184-185.

apparaux, étrangers à terre, adaptés à la mer, larguant les aussières et tranchant le tissu des anciennes liaisons, les vaisseaux savent assurer cette transition bouleversante. On va vivre autrement, peut-être pendant longtemps, ailleurs, où le veilleur n'aura pour compagnons que le vent et le ciel ; ce pour quoi les marins portent toujours sur eux, au retour, ce petit air insolite[1]. »

Cet air insolite ne tient pas à la barbe qui a poussé ou aux vêtements raidis de sel après plusieurs semaines au large mais à l'étincelle dans le regard de celui qui a navigué au contact du monde et mis à nouveau en symphonie son moi intérieur avec la nature. La rétine du marin imprime le spectacle de l'océan, garde l'image de sa brutalité, les couleurs des crépuscules au large, les nuances de gris des passages de front, la forme des vagues, le ton de l'océan, la forme changeante des nuages, ces sentinelles de l'esprit divin qui entourent l'aventurier.

Cette quête-reconnexion n'est pas l'apanage du seul marin. La marche en haute montagne et la traversée des déserts déploient la même passerelle vers le cosmos. « Avant la veillée au refuge, nul n'a quitté ce monde ; dès les petites heures, chacun pénètre dans l'autre. Ce petit bâti, au voisinage du

1. *Ibid.*, p. 156.

glacier, sert de guichet, de porte, de sas, d'accès, de passage, qu'une sorte de Saint Pierre garde. Glace, neige et rocs composent l'autre monde, presque abstrait. Il n'a rien de commun avec l'usuel. L'horizontal y devient vertical, nos vieilles stabilités y bougent, changent tous les gestes et toutes les conduites, se transforme le langage que nul ne comprendra s'il n'est pas passé par là[1]. »

Voilà ce que j'ai rêvé de faire avec ce livre. Partager les expériences uniques vécues au large pour témoigner de la voie qu'offre l'océan lorsqu'on souhaite renouer avec le monde. Rappeler que l'aventure crée une déchirure dans la bulle globale, mondialisée, connectée à tout mais finalement connectée à rien, et nous redonne accès à l'Être. Dire qu'elle nous livre les clefs de l'essentiel même si je me suis rendu compte que, pour qui ne peut voyager sur les océans ou arpenter les déserts du globe, l'art de la lecture, le retour au texte offrent aussi une telle reconnexion.

Ces moments qui comptent parmi les plus beaux qu'il m'ait été permis de vivre loin des hommes, je les ai moi-même accompagnés de références littéraires et philosophiques. Pourquoi avoir la folie d'essayer de dire des choses qui l'ont

1. Michel Serres, *Le Contrat naturel, op. cit.*, p. 160.

été avant, et surtout mieux que vous ? Parce que « je fais dire aux autres, ce que je ne puis si bien dire », comme écrivait Montaigne[1]. Parce que le recours au texte philosophique permet de percer certains des mystères du large, lequel a bel et bien une dimension métaphysique. Parce que des instants de lecture ont parfois été pour moi aussi forts que des moments de vie, grâce à la puissance d'évocation des mots. Ma vie ne saurait dissocier l'aventure du texte, ces deux versants du rapport que l'aventurier entretient avec le monde. « Pour rêver, il ne faut pas fermer les yeux, il faut lire, écrit Foucault. L'imaginaire ne se constitue pas contre le réel pour le nier ou le compenser : il s'étend entre les signes, de livre à livre, dans l'interstice des redites et des commentaires ; il naît et se forme dans l'entre-deux des textes. C'est un phénomène de bibliothèque[2]. »

Les océans que je parcours aujourd'hui, les aventures, les rencontres que je savoure, je les ai d'abord fantasmés, imaginés, conceptualisés grâce à des œuvres. Aujourd'hui, j'ai envie de les partager, mais il n'existe aucun partage de ce monde et du large découvert sans ces textes qui m'ont conduit à lui, à eux !

1. Montaigne, *Essais*, II, 10, Folio classique.

2. Michel Foucault, « La bibliothèque fantastique », in *Travail de Flaubert*, Seuil, 1983, p. 104-107.

7

Mon sentiment océanique

> « Je crois au Dieu de Spinoza qui se révèle dans l'harmonie de tout ce qui existe, mais non en un Dieu qui se préoccuperait du destin et des actes des humains[1]. »
>
> Albert Einstein

Pour le philosophe allemand Martin Heidegger, la vie authentique communique avec un mystère. Au lieu de nous endormir parmi les objets qui peuplent le quotidien, au lieu de vivre dans l'ombre de la caverne et hors de la lumière du sens, au lieu de nous complaire dans la routine d'une existence prosaïque, il nous faut rester ouverts à une expérience, celle de l'Être. Le coucher de soleil de l'Atlantique Sud me l'a offerte fugacement, cette

1. Albert Einstein s'adressant au grand rabbin de New York. Cité dans Frédéric Lenoir : *Le Miracle Spinoza*, Fayard 2017, p. 139.

ouverture sur l'Être, ce sentiment que tout est là, cette impression de faire corps avec le monde à un moment où je ne m'y pensais pas disposé. L'expérience fut soudaine et immédiate. Sans signe avant-coureur. « Vous savez vous-mêmes que le jour du Seigneur viendra comme un voleur dans la nuit », dit saint Paul aux Thessaloniciens. Certes, mais, concentré sur la bonne marche du bateau sur l'océan, l'esprit vraisemblablement dilaté par les jours passés au large, de retour à terre, je ne suis pas parvenu à conceptualiser ce moment, ni, surtout, à le partager. Gorgias affirmait que l'un est incommunicable. Eh bien, je me suis heurté à cette barrière. Car longtemps j'ai pensé que l'expérience se répéterait, que je connaîtrais à nouveau un tel crépuscule d'éternité. Au point de le guetter au soleil couchant dans l'Atlantique, dans le Pacifique, dans l'Indien, mais sans jamais revivre une telle perfection cosmique. Avais-je vécu une nouvelle naissance, un coucher de soleil capable de reconnecter les parties fragmentées de mon être afin de m'accorder l'accès à une autre manière d'être au monde et à moi-même en découvrant une passerelle qui ne s'offrait qu'une fois dans une vie ?

Quelques mois après, j'ai osé partager ce moment intime à l'occasion d'une conférence.

Un ami psychanalyste vint me voir au terme de l'intervention et m'expliqua que mon témoignage lui faisait penser à la notion de « sentiment océanique » développée par Freud. Un échange qui m'a poussé à ouvrir d'autres livres.

Le « sentiment océanique », quelle belle expression pour dire l'instant vécu si intensément face au crépuscule de l'Atlantique Sud. Je me suis en effet senti comme baigné dans l'océan de l'Être. Parler de « sentiment » océanique traduit cette sensation comme l'apparition, le ressenti d'un lien organique avec le monde. « Nous sentons et nous expérimentons que nous sommes éternels[1] », écrit Spinoza pour décrire l'état de béatitude proche de ce que j'ai connu fugitivement devant un crépuscule fondateur. Sensation d'éternité, le « sentiment océanique » relevait de l'expérience esthétique ouvrant les portes vers un au-delà du moment et de la sensation mêmes. Combien il est – il m'est – difficile de partager cette expérience fugace de l'éternité, mais l'image de l'océan sans bornes ni limites aide à mettre des mots sur cet instant indicible. Le « sentiment océanique » est la sensation aussi rare que fulgurante de ne faire qu'un avec le tout, de voir abolies les frontières entre soi et le monde pour laisser place à un état de conscience élargie.

1. Spinoza, *Éthique*, V.

L'expérience dura juste l'espace de quelques instants. Un peu à l'image du sage spinoziste qui, après avoir connu le troisième genre de connaissance et atteint la béatitude, retrouve le deuxième genre de connaissance, celui de la pensée d'entendement. Pour ma part, j'ai renoué rapidement – trop rapidement – avec le monde désenchanté de ma course. D'une certaine manière, m'a gagné l'idée que j'avais ouvert une porte sur un ailleurs, hors de mon ordinaire, mais que j'avais dû revenir en deçà de son seuil, devant me contenter, peut-être me satisfaire, du seul souvenir de cette initiation à une autre manière d'être au monde.

On prétend souvent que le « sentiment océanique » est apparu pour la première fois chez Freud dans *Le Malaise dans la culture*. Où il évoque « la sensation de l'éternité, sentiment comme quelque chose de sans frontières, sans bornes, pour ainsi dire océanique ». Il serait donc cette sensation de toucher l'éternité, la manifestation d'une rencontre avec un ailleurs. Or quel plus bel endroit pour l'éprouver que l'océan ? Mais le terme n'est, en vérité, pas freudien puisqu'il est né sous la plume de Romain Rolland dans un courrier à son ami Freud. Dans cette correspondance de 1927, l'écrivain français écrit ainsi : « J'aurais aimé à vous voir faire l'analyse du sentiment religieux spontané ou, plus exactement, de la sensation religieuse, qui est toute différente des religions proprement dites, et beaucoup plus durable. J'entends par là – tout à fait indépendamment de tout dogme, de tout Credo, de toutes organisations d'Église, de tout Livre Saint, de toute espérance en une survie personnelle, etc. – le fait simple et direct de la sensation de l'éternel (qui peut très bien n'être pas éternel, mais simplement sans bornes perceptibles et comme océanique)[1]. » Ce sentiment océanique s'affranchit des dogmes, des rites et des lieux de culte. Il est un accès direct au divin, une expérience de l'éternité. Dans son œuvre ultérieure, Freud verra en lui une régression vers un état psychique infantile, cet état où le nourrisson ne distingue pas la frontière entre le Moi et le reste du monde, notamment du sein maternel.

Personnellement, j'ai du mal à concevoir que ce moment éphémère mais d'une puissance absolue se résume à une régression à l'état qui était le mien lorsque ma mère m'allaitait. Non, il n'y avait rien de névrotique dans la contemplation

1. Lettre de Romain Rolland à Freud du 5 décembre 1927. Henri Vermorel, Madeleine Vermorel : *Sigmund Freud et Romain Rolland. Correspondance 1923-1926*, PUF, coll. « Histoire de la Psychanalyse », p. 304.

de ce coucher de soleil imposé à moi, aussi la psychanalyse me paraît-elle bien en peine pour intégrer une telle expérience de la totalité dans sa logique systémique. Je ne me suis en rien replié sur moi, rabougri en fœtus comme si je redescendais vers ma tendre enfance, le mobile de cet instant me semblant davantage cosmique qu'utérin. L'expérience de ce soir-là, au large, étant unique, je dois la considérer comme telle, en accepter aussi la part de mystère. Dans une lettre écrite deux ans plus tard, Freud expliquera s'essayer à la « dérivation analytique » du sentiment océanique et écarter ce dernier « de son chemin ». « Dans quels mondes étrangers pour moi n'évoluez-vous pas ! Je suis fermé à la mystique autant qu'à la musique[1] », dit-il. Tout est dans cet aveu : le psychanalyste ne parvient pas à intégrer l'absolu d'une expérience de vie dans son système de pensée.

Dès lors, j'en viens à penser que le sentiment océanique qui m'a habité peut être décrit par touches successives mais ne saurait être conceptualisé ni même intégré à une explication scientifique ou psychanalytique. Là où je suis allé l'espace de quelques instants, la psychanalyse

1. Lettre de Freud à Romain Rolland du 20 juillet 1929. Henri Vermorel, Madeleine Vermorel : *Sigmund Freud et Romain Rolland. Correspondance 1923-1926, op. cit.*, p. 311.

n'entre pas. Ce crépuscule de l'Atlantique Sud relevait de l'expérience esthétique et était davantage l'apanage de la poésie ou de la musique que de la psychanalyse, qui ne saurait enfermer dans ses cadres l'épiphanie d'un mystère, celle du cosmos.

Dès lors, n'étant ni musicien, ni poète, ni saint ni prophète, ce moment vécu dans l'Atlantique Sud, un beau soir de novembre, me laissa – et me laisse encore, face à un immense vide. L'incapacité à le partager par un art que j'aurais maîtrisé, à le dire dans son infinité et sa plénitude, me torture, je l'avoue. Ne me reste que la posture du marin solitaire, celle de poursuivre un chemin sur les océans à la recherche d'autres crépuscules.

8

Poésie des nuages

> « Nous avons naturellement plus d'admiration pour les choses qui sont au-dessus de nous que pour celles qui sont à pareille hauteur ou au-dessous. Et quoique les nuages n'excèdent guère les sommets de quelques montagnes, [...] parce qu'il faut tourner les yeux vers le ciel pour les regarder, nous les imaginons si relevées, que même les poètes et les peintres en composent le trône de Dieu. »
>
> Descartes

Au large, assis dans mon siège de veille, un œil régulièrement posé sur les voiles, j'ai le regard qui se perd dans le sillage du bateau, cette traînée blanche si majestueuse. Mes pensées sont ici et ailleurs, maintenant et hier, il y a dix ans mais aussi demain et dans dix ans. Elles voyagent et m'évadent du cadre étroit de l'embarcation si petite et fragile au milieu de l'infinité océanique. Mais il est un autre espace de rêverie que la cime des vagues au large : mi-océan, mi-espace terrestre, c'est le ciel et ses nuages.

Le ciel a, de l'océan, la couleur et l'instabilité permanente. Il a, de la terre, la grandeur de certaines formes, tantôt montagnes, tantôt vallées, tantôt fleuves. Les ressources du grand architecte qui commande à leur géologie sont sans limites. Je peux voir « un centaure, ou un léopard, ou un loup, ou un taureau », comme le personnage de Socrate dans *Les Nuées* d'Aristophane ou encore « des visages géants [...] des rochers et des montagnes immenses [...] et ensuite quelques monstres poussant ou traînant derrière lui d'autres nuages », comme Lucrèce dans le *De rerum natura*. Les anciens m'ont appris à observer les stratus, cumulus, nimbus et autres cirrus ou altostratus ainsi qu'à prévoir le temps qu'il va faire. Une partie de moi se plaît à exercer cette science qui permet de prédire l'avenir météorologique mais une autre aime se laisser aller à observer toutes ces formes qui se font et défont à l'infini. « La façon dont les nuages se colorent est d'une beauté qui parle à mon imagination ; vous voudriez en rendre compte par des explications scientifiques qui s'adressent à l'intellect plutôt qu'à l'imagination [...]. Quelle est donc cette science qui accroît votre compréhension mais appauvrit votre imagination ? », questionne Henry David Thoreau[1].

Les nuages aident à comprendre certains moments clés du cycle immuable – et éternel – de la nature. L'enchaînement du paysage qu'ils dessinent conditionne chaque jour la vie du marin, alors qu'il ne touche plus depuis longtemps celle des terriens. Quel temps fait-il demain, se demande le citoyen du monde habité parce qu'il veut savoir comment s'habiller ou s'il pourra aller au bord de la mer. Or le temps ne saurait se réduire à cette opposition simpliste entre le beau et le mauvais temps. Le temps qu'il fait a son importance mais, au large, il faut lui ajouter l'état de la mer, la direction des vagues et de la houle, la force du vent et son sens, s'il souffle ou non en rafales, pour connaître l'ensemble des paramètres conditionnant la vie quotidienne. Et même si les photos satellites et les fichiers Grib rendent moins utile l'observation des nuages, je ne peux m'empêcher de chercher une confirmation dans le ciel aux prédictions de

1. Henry David Thoreau, *Journal (1837-1861)*, Terrail, 2005.

l'informatique embarquée. Par nécessité mais surtout par goût. Comme si s'intéresser aux nuages permettait d'acquérir davantage que des connaissances météorologiques, donnait accès à ce qu'il y a au-dessus de ma tête.

« Parce qu'il faut tourner les yeux vers le ciel pour les regarder, nous les imaginons [être] le trône de Dieu [...] Ce qui me fait espérer que, si j'explique ici leur nature, [...] on croira facilement qu'il est possible, en même façon, de trouver les causes de tout ce qu'il y a de plus admirable dessus la terre[1] », écrit Descartes. Le nuage est, en fait, un signe du divin. Sa hauteur lui confère puissance et majesté. Mystère aussi, puisqu'il s'agit d'une montagne imprenable pour celui qui la regarde d'en bas. En mer, j'entretiens un rapport ambigu avec les fresques ouraniennes qui défilent au-dessus de ma tête, tantôt objet de science, tantôt matière en mouvement à laquelle mon imagination donne vies et formes. Assis dans le cockpit, les yeux tournés vers le ciel, je vois volontiers ce que décrivait Lamarck au début du XIXe siècle : des nuages « en forme de voile », « attroupés », « pommelés », « en balayures » et « groupés ».

1. Descartes, *Les Météores* (1637).

Hélas, l'histoire n'a pas retenu cette classification, lui préférant celle, contemporaine mais plus scientifique, d'un pharmacien anglais, Luke Howard, que l'on affirme « inventeur des nuages » alors qu'à mes yeux son génie est surtout d'avoir observé que ceux-ci se déployaient différemment suivant différentes couches de l'atmosphère. Un soir de décembre 1802, à Londres, il prononça une conférence sur les modifications des nuages et distingua les cumulus, les stratus, les cirrus, classification qui nous permet, aujourd'hui encore, de nous repérer dans les cycles immuables de la météo au large et de trouver en levant la tête les confirmations de ce qu'annoncent les instruments du bord. Scruter les cieux aide à savoir où se trouve la dépression vers laquelle on court ou qui vous poursuit, mais aussi où vous attend l'anticyclone que vous longez. Les nuages, les indications poétiques d'un élément fondamental de la vie sur notre planète : les échanges entre masses d'air.

Le passage d'une dépression sur ma route se déroule toujours selon un rituel ordonné. Tout d'abord, apparaissent les cirrus. Le nom des plus beaux des nuages vient du latin et désigne une boucle de cheveux, eux qui se repèrent à leurs délicats filaments blancs, de glace et qui offrent un voile céleste au bleu turquoise du haut ciel d'anticyclone. Pourtant, leur beauté est fragile puisqu'ils sont annonciateurs d'une détérioration de la météo. Dans l'hémisphère Nord, si je suis dos au vent et que les cirrus se déploient sur ma droite, je peux être sûr qu'ils augurent une zone de basses pressions. De fait, au fil des heures, la couverture nuageuse va se densifier. Étant dans le secteur chaud de la dépression encadré par un front chaud en avant puis par un front froid en arrière, bientôt se déploient les cirrostratus, couche nuageuse de cristaux. En se développant vers le bas ils s'épaississent et deviennent peu à peu altostratus, nuages composés d'autant de gouttelettes d'eau que de cristaux de glace. Cette évolution voile peu à peu le soleil qui donne désormais l'impression d'apparaître à travers un verre dépoli.

Alors vient l'heure des préparatifs à bord : vite il faut tout ranger, harnacher les voiles sur le pont, préparer de la nourriture facile d'accès pour vingt-quatre heures, des vêtements secs dans la cabine à mettre lors des rares moments de répit futurs. Tant de précautions pour cet altostratus, couche nuageuse de l'étage moyen pas réputée pour sa beauté, pour ce nuage intermédiaire, mélange d'eau et de glace, pour ce nuage insignifiant pendant la journée dont l'heure de gloire sonne au crépuscule lorsque la lumière rasante du soleil sur la ligne d'horizon l'allume telle une table de feu ? Oui, car il annonce du pas beau. Henry David Thoreau sait ce que la lumière du soleil lui doit : « Ces petits nuages, les dernières sentinelles du jour, si sombres auparavant, s'allument un instant d'une faible lueur jaunâtre avant de s'assombrir à nouveau ; et à présent, la rougeur du crépuscule s'épaissit jusqu'à ce que tout l'horizon, de l'ouest au nord-ouest, s'embrase ; comme si le ciel avait été frotté de quelque riche pigment indien, une teinte indélébile ; comme si l'Artiste du monde avait mélangé sa palette des rouges au bord de la soucoupe renversée du ciel [...] Comme si des baies s'étaient écrasées au bord du ciel[1]. » L'écrivain américain a raison : la lumière du soleil couchant révèle le relief de l'altostratus. Mais lui promet des heures sombres.

Et, de fait, peu à peu, au fil des heures, le ciel se couvre et se teinte d'un gris pâle et uniforme, d'une couche de ce nuage progressivement assombrie, suivie de la pluie. Le tapis peut maintenant être à 300 mètres d'altitude et se métamorphoser en matelas de nimbostratus, porteur d'eau par excellence. D'apparence sombre, épaisse, déchiquetée, ce nuage se libère

1. Henry David Thoreau, *Journal (1837-1861)*, *op. cit.*

de sa charge de pluie avec régularité pendant des heures et s'étend sur des milliers de kilomètres carrés. Sur l'eau, le vent a forci mais il se fait régulier, à la différence des airs cyclothymiques qui m'attendent de l'autre côté du front. Heureusement, après quelques heures, bien vidé, le nimbostratus s'entrouvre pour quelques rayons du soleil. Il devient alors stratus qui, peu à peu, se déchire en stratocumulus. Le front est passé.

J'entre dans le secteur froid de la dépression. Où le vent bascule, parfois à angle droit, souvent davantage. Où le bateau accélère mais dans une mer formée et croisée. Où la nappe brouillardeuse se recompose en collines enneigées, en canyons gris. Où tout un monde prend vie, poussé par le vent. Où bientôt, la couche nuageuse cède le pas à des cumulus individuels.

Ceux-ci s'apparentent à des choux-fleurs d'un blanc pur comme neige en montagne. Ils semblent solides, ont des contours plus clairs et plus définis que les autres nuages. Leur blancheur et leur opacité s'expliquent par le déploiement de l'eau en d'innombrables gouttelettes de quelques millièmes de millimètres de diamètre, multitude de surfaces qui, tel un caléidoscope, diffusent la lumière dans toutes les directions et donnent aux nuages leur allure laiteuse et cotonneuse. Ce cumulus offre à mon imaginaire toutes ces formes qu'il peut alors construire, rêver, imaginer à l'infini... malgré sa durée de vie d'à peine une dizaine de minutes puisque, tel l'océan qui modifie son visage à chaque instant, le ciel change de physionomie à une vitesse rare. Imaginez qu'un cumulus de taille moyenne qui occuperait un kilomètre cube contiendrait 200 tonnes de gouttelettes, soit le poids de 33 éléphants de savane. Je me plais donc souvent à penser que galopent au-dessus de ma tête des dizaines de troupeaux sauvages, heureux de parcourir inlassablement ces immenses steppes bleues à l'infini.

Et si alors leur noble substance
Est appelée vers les hauteurs de l'atmosphère,
Le nuage s'élève, arrondi, magnifique,
Sa forme vigoureuse annonce sa puissance ;
Comme vous les craignez et parfois subissez,
S'il y a menace en haut, il y a violence en bas

écrit Goethe à propos du cumulus. Une description on ne peut plus exacte puisque la rêverie est souvent interrompue par des grains tant les cumulus de ciel de traîne génèrent fréquemment des rafales et peuvent se transformer en cumulonimbus. Ce dernier nuage est un peu au ciel ce que le requin blanc est à l'océan : un seigneur, qui fait frémir d'appréhension les marins et dont le récit des travers nourrit l'histoire. Mûr, il peut en effet être plus haut que l'Everest avec une base à 700 mètres d'altitude et un sommet à 18 000. L'énergie qu'il contient représente dix fois celle de la bombe d'Hiroshima. Quant à sa forme évasée avec une crête digne de l'enclume d'un forgeron – une enclume de plusieurs centaines de kilomètres parfois dessinée par des vents puissants soufflant à haute altitude dans l'atmosphère –, elle traduit sa puissance. Si de sa naissance à sa dissipation, l'existence d'un cumulonimbus est d'environ une heure, le vice de ce mastodonte pervers est de pouvoir générer un congénère, un cumulonimbus se désagrégeant, donnant naissance à un autre cumulonimbus, comme des cellules se reproduisant et s'alimentant les unes les autres en énergie. Des enchaînements épuisants pour le navigateur, qui surviennent souvent en approche du pot au noir. Et pour cause, le cumulo joue le rôle de redoutable gardien de l'équateur. Aussi, qui veut changer d'hémisphère se doit de subir cette patrouille sombre qui hante la zone de convergence entre les alizés d'hémisphère Nord et ceux d'hémisphère Sud.

Tour à tour indicateur de l'état du ciel, mouchard de l'humeur de la mer, baromètre de mes états d'âme, le nuage est à la frontière de la science et de l'imaginaire. Il offre à mes sens la confirmation des informations reçues par satellite et ouvre un espace d'expression infini à mes rêveries, lieu de songes où se dissipent le rationnel et le réel, où se déploie ma pensée dilatée par les jours loin de la terre. En vérité, il ouvre la porte de ce monde tellement à part qu'est le large. Marcel Proust le dit – avec ses mots – de la terre : « Dans tous les temps, dans tous les pays [...] les nuages ont dû séduire l'imagination de l'homme par leurs formes changeantes et souvent fantastiques. Toujours l'homme a dû y deviner les êtres imaginaires ou réels qui occupaient son esprit. Chacun peut y trouver ce qui lui plaît. [...] Il peut découvrir alors dans les nuées [...] toutes les fantaisies brillantes de son imagination exaltée. [...] Puis, se laissant aller presque involontairement à une rêverie qui l'absorbe, l'homme oublie peu à peu les objets qui l'entourent ; ne voyant plus rien, n'entendant plus rien près de soi, il prête à son illusion le caractère de la réalité, donne la vie aux formes qu'il a devinées et assiste à un spectacle grandiose que lui-même il a créé[1]. » Oserais-je user des mêmes termes pour le ciel ! Les nuages accompagnent ma solitude et deviennent parfois les regards bienveillants qui

1. Marcel Proust, *Les Nuages*, année scolaire 1885-1886.

escortent, assistent, encadrent ou bousculent mon évolution à la surface de l'océan. Ils constituent aussi le meilleur indicateur de ma transformation d'homme des villes en marin : quand je commence à laisser mon esprit s'évader au gré de leurs formes, c'est que je suis réellement amariné, définitivement coupé du sol, et que le voyage intérieur a commencé.

9

Voyage sur l'océan de sable

> « On n'a que le choix entre la pure sensualité et la perversité pure, entre le réalisme magique qui s'associe victorieusement au rythme même des choses, et le renoncement mystique, qui les repousse pour s'inventer un ciel. Il faut choisir d'être César à Rome, ou de rêver au désert[1]. »
>
> Marguerite Yourcenar

La monotonie n'existe pas au large. Une forme d'uniformité, sans doute, mais jamais la monotonie. Car, contrairement à ce qu'imaginent les terriens, l'océan, toujours en mouvement, change sans cesse de visage. « On ne se baigne jamais dans le même fleuve », disait le sage Héraclite. Et on ne traverse jamais le même océan, oserai-je

1. *En pèlerin et en étranger*, essais, Gallimard, 1989.

ajouter. Tel un voyageur qui arpenterait un pays tour à tour vallonné puis montagneux, vert puis aride, urbain puis rural, le marin traverse des régions océaniques. Où l'océan n'est jamais le même. Où la forme des vagues, le sens de la houle, les risées à la surface de l'eau, la couleur de celle-ci en reflet de celle du ciel font que l'œil découvre heure après heure des subtilités qui en enchantent la rétine.

Ainsi dans les alizés, vent venu d'Afrique pourtant réputé hospitalier et régulier, jamais la même physionomie de surface n'apparaît. Si bien que mon bateau, particulièrement sensible à la forme des vagues, change en permanence de comportement. Je peux passer un moment dans une zone heurtée, une mer formée, un vent rafaleux, puis, quelques heures plus tard, apprécier des mouvements plus tendres, un souffle plus calme, apaisé, régulier. Je m'en suis fait la réflexion, un jour de navigation en avant d'un front entre les Açores et la Pointe de Bretagne,. Au fil de cette aventure-là, nous avions traversé à vive allure, poussés par une dépression et menacés par une zone de vent fort à nos trousses, des régions aussi variées qu'un océan haché par une succession de passages de dépressions, puis une mer chaotique en approche de l'archipel des Açores avec la remontée des fonds et le plateau continental, puis un océan cette fois lisse propice aux records de vitesse du fait du récent recul de l'anticyclone et donc de ses zones sans vent.

On le voit, rien n'est jamais identique. Rien n'est jamais monochrome, ni monotone.

Pierre Loti sait la même chose du désert : « Le désert, monotone comme la mer, est changeant comme elle. Avant-hier, c'étaient les grands géants ; hier, les sables plats, et aujourd'hui nous entrons dans la contrée des pierres meulières qui créent autour de nous des surprises nouvelles, des aspects encore jamais vus[1]. »

Si bien que je me suis souvent demandé si ces étendues tout aussi inhospitalières que les « miennes » offraient la même source inépuisable d'émerveillements à qui sait s'ouvrir à leur beauté. Si les grands espaces secs, arides créaient la même dilatation de l'âme à leurs visiteurs. Si le rien et l'immensité du désert conduisaient à l'infini, reconnectaient au monde. Si, en somme, la solitude, la ligne d'horizon à perte de vue, la nature hostile, le silence, l'éloignement des hommes et de la civilisation, l'absence de pollution lumineuse qui offre une vue de nuit d'une pureté rare sur le firmament au-dessus de

1. Pierre Loti, *Le Désert*, *op. cit.*, p. 79.

la tête du marcheur comme du marin, étaient identiques.

Dès lors, m'étant longtemps dit que le désert devait être un espace propice à la connexion à l'Absolu, à la naissance du sentiment océanique, j'ai songé que, après avoir couru les océans du globe toute une vie pour faire une rencontre déterminante, peut-être le désert m'en offrirait-il une à son tour. L'expérience eut lieu dans le désert d'Atacama, au nord du Chili.

Je débarque en avion à Calama, fin 2018. En une heure de voiture, nous voici à San Pedro de Atacama, une coulée verte au milieu d'un désert de sel et de montagnes arides qui séparent le Chili de l'Argentine et de la Bolivie. Cette arrivée de nuit, digne de celle d'un marin qui débarquerait dans le mystère des phares et des lumières d'un port, me permit de repousser encore un peu l'effet de surprise. Et au désert de mieux encore préserver ses secrets.

L'exploration débuta donc par la découverte d'une cité horizontale, faite de maisons de tôle, paille, de murs en pierre rouge, ville ancrée au milieu de nulle part qui vit comme une station de ski. Au matin, un autre visage de San Pedro m'apparut : vif, actif, bruyant, troublé par une effervescence que je n'aurais imaginée. En raison du ballet des pick-ups des explorateurs et touristes venus du monde entier, qui partent dans le désert tels des skieurs abandonnant la station pour monter vers les pistes enneigées, ballet éveillant cette cité d'ordinaire morte, écrasée par la chaleur du désert. Un lieu qui, le soir, à la tombée du jour, revit ! D'abord aux sons des véhicules qui reviennent recouverts de poussière et font la queue à la seule station essence du bourg, ensuite à ceux des restaurants et bars où les viandes tournent à la broche tandis que l'alcool coule à flots. Là, des visages blancs d'Anglo-Saxons et d'Européens en vacances couverts de coups de soleil côtoient des faces burinées et usées par le désert, celles de voyageurs venus du monde entier qui ne sont jamais repartis comme de Chiliens dont on imagine une ascendance andine voire inca.

Mon exploration à moi n'était ni sociologique, ni ethnologique, mais métaphysique. Et elle devait débuter le lendemain matin. Je tournai le dos aux cafés des deux rues principales et à cet agréable remue-ménage cosmopolite pour m'accorder une nuit de repos et de répit dans une petite pension, bercé par le clapotis d'un torrent courant le long de la roche rouge expliquant à lui seul la présence de ces hommes et femmes au milieu du désert. Et je tombai dans un sommeil agité par la curiosité de ce qui m'attendait au réveil, la majesté du lieu et le silence de plomb qui pesait sur tout comme une chape.

À l'aube, le désert s'impose dès que j'ouvre la fenêtre de la retraite. Et me vient à l'esprit que mon vocabulaire ne compte pas assez d'adjectifs pour qualifier ce que perçoivent mes sens. D'un côté, des montagnes, avec de l'ocre et de l'orange. Au-dessus, un ciel bleu teinté d'une légère lueur de jaune arrivée avec la brume du matin. Là, encore des montagnes, mais rouges et traversées par la route que j'ai suivie la veille en venant de Calama. Là-bas, la verdure de l'oasis, et au loin l'immensité du désert qui semble se fondre dans une horizontalité comparable à celle qu'offre le large. Me frappe qu'ici rien ne vole, rien ne chante, rien ne bouge. Qu'ici tout semble être planté depuis le commencement du monde. « C'est la splendeur des régions invariables, d'où sont absents ces leurres éphémères, les forêts, les verdures ou les herbages ; c'est la splendeur de la matière presque éternelle affranchie de tout l'instable de la vie ; la splendeur géologique d'avant les créations[1] », dit Pierre Loti du désert du Sinaï.

Dès ces premiers instants, je me sens habité par l'excitation propre au début d'une grande

1. Pierre Loti, *Le Désert*, *op. cit.*, p. 36.

aventure. En enfilant mon treillis et mes chaussures de randonnée, je suis parcouru par l'adrénaline et l'excitation que j'éprouve d'ordinaire en enfilant mes bottes et mon ciré. L'habit fonctionne comme un rite initiatique ouvrant les portes du monde habité vers l'autre, celui de l'inconnu, du soi face à soi. Je ressens une mise à nu, la même que celle qu'impose l'océan à ses visiteurs. Il y a dans l'air la majesté et la liberté des grands espaces. Est-ce une réalité ou le ressenti d'un homme loin de ses bases citadines et « civilisées » ? En tout cas, la proximité du désert me donne immédiatement l'impression d'une connexion à autre chose puisque j'ai le sentiment de mieux entendre les bruits de la nature, même de sentir la symphonie cosmique battre en moi. « Maintenant la nuit est totale. Le vide absolu. Le silence sublime, écrit Mamani. Insensiblement, le silence amène à méditer sur soi-même. L'homme ici s'abolit, en ce qu'il a de social ou d'artificiel devant la nature péremptoire et son apparente démesure. L'âme est mise à nu. C'est dans des lieux comme celui-ci que l'âme atteint la plénitude. [...] Oui, le désert restitue à l'homme son contenu d'humanité. La nudité, le dépouillement, la simplicité forcent l'homme à rejeter en lui le vieil homme, le mettent face à lui-même, lui seul. Les masques tombent et il ne reste plus que l'essentiel : l'homme fragile et vulnérable. Le bon. L'homme du premier matin[1]. »

À quelques kilomètres au sud de San Pedro, s'étalent à perte de vue des étendues blanches et craquelées, des lagunes qui offrent des dégradés de couleurs allant du blanc au bleu en passant par le vert, le tout sur fond de montagnes rouges et jaunes et auréolé par la masse du volcan Licancabur, majestueux et imposant. Partout, les vols de flamants roses servent de trait d'union entre les couleurs froides de la plaine désertique et celles chaudes, des montagnes et plateaux alentour. Dans ce panorama de sel, d'emblée mes sensations d'homme du large réapparaissent. Le silence, la solitude, la déconnexion du monde habité, le sentiment de toucher à l'exceptionnel et l'inaccessible sont là. « Le désert est monothéiste », écrit Ernest Renan en 1887 dans son *Histoire du peuple d'Israël*, avant d'ajouter : « Sublime dans son immense uniformité, le désert révèle tout d'abord à l'Homme l'idée de l'infini[2]. » Moi, je ne perçois pas, en ces lieux, l'idée d'un déterminisme

1. Abdoulaye Mamani, « Une nuit au Ténéré », dans Bernard Magnier, *Paris-Dakar : autres nouvelles*, Souffles, 1987, p. 63.

2. Ernest Renan, *Histoire du peuple d'Israël*, cité par Bruno Doucey dans *Le Livre des déserts. Itinéraires scientifiques, littéraires et spirituels*, Robert Laffont, coll. « Bouquins », p. 915.

géographique qui expliquerait la naissance des trois religions monothéistes mais plutôt que le désert conduit à Dieu. Que l'immensité désertique nous fait désirer un dieu unique et convie l'Homme à tourner le dos aux religions païennes. Le désert me frappe d'emblée comme un autre lieu d'apparition de l'infinité et du divin. Le rien et le vide sont, là encore, un sas vers l'Absolu, vers le tout. Comme l'immensité des océans dilate l'âme vers l'appréhension d'une réalité plus métaphysique. Là aussi, celle-ci a besoin du vide pour atteindre la plénitude

L'Atacama s'étend du 27e au 28e degré de latitude sud sur plus de 200 000 kilomètres carrés, de part et d'autre du tropique du Capricorne. Et je m'y sens d'emblée comme sur une autre planète, à l'instar de ce que j'éprouve une fois au large. Dans ce désert qui est l'un des plus arides, mes connaissances des phénomènes météorologiques ressortent. L'absence de pluie s'explique par la montée des pressions froides de l'Antarctique et celle du courant froid de Humboldt qui empêchent l'air de se réchauffer et les nuages de se former. Et l'immense barrière des Andes, à l'est, entraîne un phénomène de subsidence orographique, c'est-à-dire de déplacement de la masse d'air vers le sol. Aussi, l'air chaud et humide ne peut-il monter et se transformer en précipitations. Dès lors, le temps est désespérément calme, chaque jour marqué par le retour immuable du même. Ainsi, la ville d'Antofagasta n'enregistre-t-elle des précipitations que tous les trois ans, et il se dit même, ici, que certaines générations n'ont jamais connu la pluie. Toute une vie sans avoir éprouvé la sensation d'une goutte sur sa peau, je peine à le concevoir, à l'imaginer. Que seule la rosée matinale puisse espérer humidifier le cœur de celles et ceux qui traversent ce désert m'étonne, voire m'effraie.

Chaque matin, le lever du soleil se transforme en spectacle envoûtant. Tel un linceul qui se soulèverait d'un paysage endormi, l'astre redonne à chaque aspérité de la roche, à chaque végétation, à toutes ces étendues de sel, leurs couleurs de la veille : du blanc, du mauve, du jaune.

En roulant vers l'est, je suis d'ailleurs frappé par la minéralité de tout. Mon œil s'arrête sur les *apachetas*, des monticules de pierres dont certains disent qu'ils permettent de s'assurer un accueil en terre nouvelle, d'autres qu'ils étaient dévolus, à l'origine, à mesurer des distances, quand d'aucuns en font des monuments aux morts. Je m'étonne aussi de vallées semblables à celle « de la Luna », garnie d'une roche rouge qui procure une sensation d'aridité et de dénuement extrêmes. Une certitude se fraie en moi : à l'image de certains océans, l'homme n'a rien à faire ici, il a donc dû conquérir ces espaces à la sueur de son front. Dans ce décor lunaire, il existe pourtant des bouquets de verdure au milieu de l'immensité aride, nichés au fond de vallées encaissées qui accueillent des torrents descendant des Andes, ou au bord de bassins, les *Salars*. Là vivent de nombreux animaux – lamas, vigognes ou encore flamants roses – qui surgissent à l'œil tels des mirages de ton pastel venant enrichir l'incroyable gamme chromatique que dispensent les lieux. Çà et là surgissent aussi des oasis, alimentées par des sources dont on ignore l'origine puisqu'il ne pleut pas et qu'il n'y a pas de glacier. Certains pensent que l'eau arriverait, après un long voyage de nappes souterraines, du versant oriental des Andes, d'autres qu'elle sortirait des réserves aquifères des roches volcaniques. Il est fascinant de penser que l'eau qui irrigue ces minuscules lacs de verdure ne date ni d'aujourd'hui ni d'hier, et même ne soit pas du lieu, elle qui surgit du sol telle une épiphanie mystérieuse et nourrit l'imaginaire des hommes autant que la terre elle-même. Le désert, ce micro-monde qui échappe au temps.

Le désert d'Atacama ne connaît pas plus la monotonie, ponctué qu'il est de taches de verdure et traversé d'axes routiers qui vont des unes aux autres, transformant le parcours de la voie numéro 23, qui roule vers le sud, en succession de paysages.

Au départ de San Pedro, s'étalent des steppes herbacées, des étendues couvertes de cactus aussi charnus que très épineux, et sur les pentes en direction de la Bolivie, il en pousse des solitaires, en boule, aux sommets ornés de fleurs jaunes ou orange. Ici comme au large, lorsque le désert change, c'est brutalement et d'un seul tenant, comme une métamorphose globale et soudaine : la couleur du sol, la taille de la végétation, le relief… rien n'est plus semblable. Je n'ai en revanche pas vu les « roses d'Atacama » dont le poète Luis Sepúlveda dépeint la floraison au lever du soleil, un miracle, lorsque l'humidité de la nuit s'infiltre dans le sable, ranime les bulbes endormis et transforme le désert en immense tapis de fleurs minuscules. Existent-elles vraiment ? Peut-être n'étais-je pas assez familier des lieux, trop débutant, pour recevoir ce cadeau, ce miracle de l'aube. Encore un point commun avec le large, où l'œil aguerri aperçoit le banc de dauphins sautant à la cime des vagues pour rencontrer un voilier, alors que le jet d'eau d'un mammifère expirant à la surface échappe à l'œil du novice.

En vérité, nul besoin d'apprivoiser la totalité de ses richesses pour y trouver ce que j'étais venu chercher. L'horizontalité, ponctuée par la verticalité des lointaines montagnes, le silence de mort donnent l'impression d'évoluer dans des régions qui n'ont pas changé depuis des millénaires. Immergé comme un étranger découvrant des espaces dont il ne maîtrise aucun secret, j'ai ressenti avec intensité combien ces lieux sévères pouvaient procurer, à ceux qui les fréquentent régulièrement, les sensations que moi-même j'éprouve au large. Les mots de Mano Dayak, personnalité touareg du désert, auraient pu être écrits à propos de l'océan : « Le désert ne se raconte pas, il se vit. Alors comment trouver les mots qui pourraient traduire cette passion que le nomade éprouve pour son désert ? Pour ceux qui n'y ont pas vécu, il apparaît comme un grand espace vide, tandis que pour nous il est infiniment vivant. [...] Le désert est pour moi extrêmement beau et pur, à la fois bouleversant et magique. Chaque fois que je me retrouve face au désert, il m'entraîne dans cet émouvant voyage en moi-même où s'entrechoquent de nostalgiques souvenirs, les angoisses et les espoirs de la vie. [...] Le désert, c'est, pour nous nomades, une passion profonde et absolue, des images que même la mort ne peut avoir le droit de nous enlever un jour. Le désert semble éternel à celui qui l'habite et il offre cette éternité à l'homme qui saura s'y attacher[1]. »

Ma rencontre avec Atacama a été déconcertante. Et a interrogé mon propre amour de la mer : est-ce vraiment elle que j'aime ou ce qu'il existe de commun aux grands espaces, qu'ils soient de sable ou océaniques ? « Et tout de suite autour de nous, c'était l'infini vide, le désert au crépuscule, balayé par un grand vent froid ; le désert d'une teinte neutre et morte, se déroulant sous un ciel plus sombre que lui, qui, aux confins de l'horizon circulaire, semblait le rejoindre et l'écraser, à regarder cela, nous prit une sorte d'ivresse et de frisson de la solitude ; un besoin de nous enfoncer là-dedans davantage, un besoin irréfléchi, un désir physique de courir dans le vent jusqu'à une élévation prochaine, pour voir plus loin encore, plus loin dans l'attirante immensité[2]. » L'appel du large fonctionne également en plein océan de sable. En ces instants, sur ces mers de pierres et grains, j'ai compris qu'il existait aussi de merveilleuses aventures à savourer à terre et que viendraient les jours où, à leur tour, elles me connecteraient à moi-même et au monde.

---

1. Mano Dayak, *Le Désert*, *in* Jean-Marc Durou, *Sahara. La passion du désert*, La Martinière, 1994.
2. Pierre Loti, *Le Désert*, *op. cit.*, p. 20.

10

L'âme à l'épreuve du confinement

> « La plus grande chose au monde, c'est de savoir être à soi[1]. »
>
> Montaigne

Le monde est à l'arrêt. En avril 2020, je suis confiné à domicile, comme des millions de Français, pour cause de coronavirus. Tandis que je demeure calfeutré chez moi, depuis plusieurs jours, la nature reprend ses droits, partout. Je la vois depuis ma fenêtre. La Trinité-sur-Mer s'éveille. Des mouettes, d'ordinaire cantonnées au littoral, viennent crier de l'autre côté de la vitre. Les chevreuils se montrent sur les sentiers où j'ai mes habitudes de promenade. Un requin pèlerin a même été aperçu en rade de Brest. Des rorquals devant les calanques de Marseille. Nul besoin de partir au large ou de quitter le monde

1. Montaigne, *Essais*, I, 39, « De la solitude », p. 447.

habité pour s'envoler dans un désert ou des montagnes, le silence enveloppe les rues des villes, tapisse les axes routiers, pèse sur les villages. Dès lors, nul besoin non plus d'aller chercher la nature puisque c'est elle qui est revenue à nous.

Le train fou de la société mondialisée, mercantile, consumériste, centrée sur l'accumulation sans cesse croissante des biens matériels, ce convoi forcené sans chauffeur se retrouve à l'arrêt pour une durée indéterminée dans l'espoir que l'humain se préserve d'un fléau invisible. La dictature de l'avoir doit laisser la place, pour un moment dont on ignore alors l'échéance, à une épiphanie de l'être : être à l'abri, être sain et sauf, être à l'écoute des autres mais aussi du monde, être... être tout simplement. Avec cette pandémie, c'est une vision qui vacille, un monde qui chancelle. L'économie trébuche, bien sûr, mais surtout les principes mêmes du vivre-ensemble. Ces anciens que l'on laisse mourir au profit de plus jeunes que l'on intube, ces personnes décédées que l'on entasse dans une salle réfrigérée du marché de Rungis en région parisienne avant de les envoyer être incinérées ailleurs, ces hommes et femmes – nous – que l'on calfeutre, emprisonne, cloisonne pour les sauver du pire. Mais ce pire n'est pas que là. La locomotive du train a pris le mur en pleine face. Pas sûr que les wagons s'en sortent indemnes.

Des gens sont malades et souffrent tandis que d'autres prennent des risques pour essayer de leur sauver la vie, le moment est terrible mais salutaire pour l'humanité. Car la sorte de décélération globale imposée par la pandémie, et sans doute cachée derrière elle, indique aussi un signe fort de saturation envoyé par la nature. Il va falloir – il faudrait – changer de logiciel et se demander dans quel monde nous souhaitons vivre, dans quel monde nous rêvons de voir grandir nos enfants, quel monde nous allons leur laisser gérer un jour.

Mais avant de penser au monde d'après – l'expression désormais consacrée –, encore faut-il traverser sans chavirer celui que la COVID-19 a chahuté, renversé. Un peu comme une tempête à passer au large. Il faut courber l'échine, attendre, se réinventer, réapprendre à poser une division sur un cahier de calcul et réviser toutes les conjonctions, adverbes, adjectifs épithètes, prépositions qui peuplent notre langue et auxquels l'adulte ne donne souvent plus de nom depuis longtemps. Tel est le prix à payer pour les écoles fermées et une société à l'arrêt. Écouter mais surtout entendre le double message que nous adresse la planète, beaucoup le clament, le demandent, en urgence absolue sous peine d'extinction imprévue et surtout précoce de ce que nous sommes, société et humanité confondus.

Soit, mais que de paradoxes. Car la nature punit aujourd'hui le péché d'*hubris* de nos sociétés et, en même temps, régale nos sens d'un ciel bleu d'une pureté cristalline et de lumières à couper le souffle, le tout dans le vent d'un printemps déjà là. Nous montre-t-elle sa fragilité tout en nous rappelant sa dimension globale et holistique : c'est nous qui sommes ses passagers et non elle qui serait une partie de notre civilisation ? Dans l'air flotte un mélange de gravité et de légèreté. Étrange.

Personnellement, je découvre avec joie la sédentarité, la contemplation immobile des crépuscules sur Belle-Île, des levers de soleil sur le golfe, le bal des mouettes et des goélands au-dessus de chez moi. Nul sillage, nul mouvement. Je suis assis et spectateur du spectacle de la nature. Mon bateau, lui, est une maison échouée dans le Morbihan. Si voici une occasion d'éprouver la richesse de mon monde intérieur à l'aune d'un temps qui s'arrête, de journées où il ne se passe pas grand-chose, sinon rien, loin du large et de l'action permanente que demande un voilier de course, je rêve fébrilement du jour où lui et moi reprendrons la mer.

Alors je lis. Et relis le dernier Sylvain Tesson, récit de la traque de la panthère des neiges, au Tibet, sur les contreforts de l'Himalaya, aux côtés du photographe animalier Vincent Munier. L'écrivain voyageur, qui avait tenu l'immobilité pour « une répétition générale de la mort », n'a pas attendu pour découvrir qu'il n'est pas forcément besoin de toujours marcher pour traquer l'imprévu et que la patience est une vertu absolue pour qui veut, aussi, s'offrir les spectacles de la nature et de ses animaux. « C'était un art fragile et raffiné consistant à se camoufler dans la nature pour attendre une bête dont rien ne garantissait la venue. On avait de fortes chances de rentrer bredouille. Cette acceptation de l'incertitude me paraissait très noble – par là même antimoderne. Moi qui aimais courir les routes et les estrades, accepterais-je de passer des heures, immobile et silencieux[1] ? » De mon côté, pas de contemplation animalière mais l'ouverture de mon âme à une ambiance. Le silence d'une civilisation affolée contrainte de se mettre entre parenthèses face à un avertissement sévère sinon redoutable de son environnement, montrait – quelle claque à

1. Sylvain Tesson, *La Panthère des neiges, op. cit.*, p. 15.

l'orgueil humain – que celui-ci aurait toujours le dernier mot. La leçon fait méditer. Effraie, aussi.

Comme trouble – on y revient – le silence absolu : pas d'avion dans le ciel, si peu d'automobiles sur les routes. Il n'y a qu'en montagne, avec la force d'amortissement de la neige, que l'on peut écouter un tel rien. Par les fenêtres de ma maison, je contemple le monde de toutes mes forces, non tel un condamné derrière ses barreaux mais peu à peu comme un évadé qui, enfin, retrouve – ou conforte, plutôt – son art de s'émerveiller de tout.

Depuis plusieurs jours, mon téléphone sonne souvent. Des journalistes veulent recueillir mon expérience du confinement parce que j'ai passé cent trois jours de vie dans à peine quelques mètres carrés lors du Vendée Globe, et que j'aurais une certaine expertise en matière d'inconfort et d'expérience mentale limite.

Peut-être. Je vois le rapprochement, mais le confinement que j'ai vécu n'a rien à voir avec celui que quelqu'un endure dans un appartement exigu de ville. Le confinement d'une grande partie de l'humanité est subi, alors que le mien était choisi. Je l'avais désiré, j'en avais rêvé, même. Autre différence de taille : un confiné a souvent vue sur une rue, certes déserte, mais avec un macadam encore imbibé des odeurs d'échappement et des excès de la société. Quand je sors la tête de ma cabine, pour moi s'offrent une ligne d'horizon à 360 degrés et un océan à perte de vue. Quant à la solitude, je la cherche, alors que la réclusion due à la pandémie implique un encombrement humain.

« Imaginez donc ce peut représenter le fait de se trouver à bord d'une embarcation minuscule qui, pendant des semaines, vous servira de salon, de salle à manger, de chambre à coucher et de salle de bains. Un endroit où deux hommes devront vivre ensemble sans qu'il leur soit possible de s'isoler ne fût-ce qu'une seconde, où ni l'un ni l'autre ne cessera d'être conscient de ce que sa moindre faiblesse, sa plus légère défaillance, sa plus petite imperfection seront mises en évidence[1]. » Ces mots si vrais sont de Chay Blyth et John Ridgway, partis en 1967 pour une traversée de l'Atlantique à la rame, entre les États-Unis et l'Irlande. Leur voyage dura treize semaines. Sur ce type d'embarcation – un Doris –, le confinement est total : une cabine avec une couchette et un poste de rame. La confrontation des ego et des espaces névrotiques se révèle donc sans échappatoire possible.

1. Chay Blyth et John Ridgway, *L'Atlantique à la rame*, Hatier, 1968.

Seul sur mon voilier de 60 pieds, je me heurte certes au défi de la solitude et de l'inconfort absolu mais pas à celui du confinement. La cabine d'un 18 mètres dispose d'une toute petite cellule de vie à l'arrière, laissant le reste vide pour des raisons de poids. Tout cela parce que le voilier est un pur-sang : moins il sera chargé, plus vite il ira. Mon espace intime ne doit donc pas faire plus de sept mètres carrés, et je n'en occupe que la moitié : soit la partie tribord, soit la partie bâbord. Selon le vent et donc la gîte du bateau, je vis, avec tout mon chargement, du côté qui permet de faire contrepoids, et dois, à chaque changement de direction des voiles, déménager avec ma cargaison de l'autre côté du bateau. Chaque demi-cellule de vie est la symétrique de l'autre, avec une porte pour passer de mon cockpit, ma zone de manœuvre, à ma cabine rikiki, avec deux marches sur lesquelles la position assise offre une situation assez centrale. À quelques centimètres à ma gauche, le coin cuisine se résume à un réchaud, et à quelques centimètres à droite, le matelas sur lequel je peux me reposer ne me voit guère tandis qu'à un mètre devant, mon ordinateur et l'ensemble des cadrans m'offrent toutes les informations à propos du vent, de la vitesse du bateau, de la pression atmosphérique, espace de l'arithmétisation de l'océan. Bien sûr, pas de toilettes puisqu'il y a deux seaux, le noir pour faire mes besoins et le bleu pour prendre une douche d'eau de mer à l'arrière quand la température de l'océan le permet, soit environ un petit mois sur les trois que compte un tour du monde à la voile ! Bien sûr, je connais l'inconfort, mais en rien le confinement. Car j'ai alors la chance de pouvoir vivre sans être esclave d'autre chose que de ce que m'imposent mon bateau, le vent et mes voiles !

En rangeant ma bibliothèque durant ces quelques jours, je suis tombé sur un livre intitulé *Naufragés à la dérive. Le défi psychologique de la survie en radeau*[1], qui consacre un chapitre à l'expérience du confinement en conditions de survie. Des pages instructives puisque l'auteur rappelle que le confinement des naufragés va au-delà de ce qui est humainement acceptable. Évoquant le radeau de *La Méduse*, sur lequel cent cinquante personnes coexistèrent d'abord avec de l'eau jusqu'à la ceinture, il rappelle qu'elles ne parvinrent toujours pas à s'allonger une fois qu'il n'y eut plus que quinze survivants à bord ! Pour lui, le vrai confinement est lié à la proximité,

1. Luc-Christophe Guillerm, *Naufragés à la dérive. Le défi psychologique de la survie en radeau*, L'Harmattan, 2004.

à une surpopulation dans un espace restreint plus qu'à la privation de mouvement même.

Le défi de celui dû au coronavirus n'a rien à voir avec ce que retient le marin en course, il en serait même l'exacte antithèse. Il est plus proche, à mon sens, de l'errance du naufragé : un isolement social et spatial. La parabole des porcs-épics de Schopenhauer est une bonne manière d'illustrer ce défi. À nous de trouver la juste distance entre chacun : trop proches les uns des autres, les porcs-épics se piquent ; trop éloignés, ils grelottent. « Par une froide journée d'hiver, un troupeau de porcs-épics s'était mis en groupe serré pour se garantir mutuellement contre la gelée par leur propre chaleur, débute le philosophe. Mais tout aussitôt ils ressentirent les atteintes de leurs piquants, ce qui les fit s'éloigner les uns des autres. Quand le besoin de se chauffer les eut rapprochés de nouveau, le même inconvénient se renouvela, de façon qu'ils étaient ballottés de çà et de là entre les deux souffrances, jusqu'à ce qu'ils eussent fini par trouver une distance moyenne qui leur rendit la situation supportable. Ainsi, le besoin de société, né du vide et de la monotonie de leur propre intérieur, pousse les hommes les uns vers les autres ; mais leurs nombreuses qualités repoussantes et leurs insupportables défauts les dispersent de nouveau. La distance moyenne qu'ils finissent par découvrir et à laquelle la vie en commun devient possible, c'est la politesse et les belles manières. »

Conclusion : selon Schopenhauer, l'homme ne peut ni vivre seul, ni vivre en promiscuité. Le vivre-ensemble est donc une distance médiane par laquelle les hommes se supportent tout en s'aidant et en se respectant les uns les autres. « La politesse et les belles manières », voici sans doute les clefs pour passer avec succès ce type d'épreuve.

Et en mer ? Sur un voilier, la ligne d'horizon se déploie autour de vous dès que je sors la tête du cockpit. La matière liquide, en mouvement permanent, entraîne l'âme vers des sommets et donne l'impression de flotter hors de moi dans un contact rassurant avec la nature. Le vrai confinement est donc celui de l'esprit. Qui enferme, oppresse, détruit l'imagination. S'en extirper exige des ressources mentales et de l'abnégation. Dès lors, sur un bateau, je ne vis pas l'expérience du confinement mais celle de la coupure. Une coupure radicale avec le monde habité.

Car à bord, pas de nouvelles de ce qui survient à terre, flot ininterrompu d'actualités qui nous poursuit à la radio, en automobile, sur nos téléphones, sur les postes de télévision dès qu'on les allume. Dans le monde des terriens, impossible d'ignorer ce qu'il se passe. Le flot désordonné et fou du monde habité s'arrête aux premières vagues devant la jetée du port quand je largue les amarres. Et que j'en suis aise !

Évidemment, j'ai parfois été rattrapé par l'actualité durant une course, à la faveur d'un échange épistolaire avec un proche, par exemple. Je me souviens de ma femme Charlotte m'expliquant les terribles crimes de Mohammed Merah lors d'une longue route vers le Mexique, ou d'un ami m'annonçant l'élection de Donald Trump à la Maison Blanche au début de mon premier tour du monde. Mais au fil des traversées, de plus en plus je coupe – volontiers – avec la frénésie de la terre, comme si les années me rendaient l'actualité plus indigeste et la coupure plus obligatoire car douce.

Quand je retrouve la ville après une longue période de paix conquise sur les océans, je regarde souvent mes semblables comme des étrangers, avec crainte j'avoue, et aussi le sentiment d'appartenir à un tout autre monde. Non que je sois différent, mais il y a un chemin à faire dans un sens comme dans l'autre. Lorsque je quitte la terre pour une course au large, les premiers jours sont ceux de l'acclimatation. L'esprit doit décélérer et accepter de se mettre à penser autrement. Il faut se transformer en mammifère et dormir par petites siestes de quelques dizaines de minutes, tel un animal en milieu hostile. Se familiariser aussi au tête-à-tête avec soi-même, à la solitude qui peu à peu enveloppe. Et, au retour, chemin inverse. Là, à moi de ne plus vivre uniquement au rythme du bateau et de ses voiles, de ne plus être exclusivement à l'écoute de mon corps comme un chat indolent qui dort quand il le souhaite et se nourrit à tout moment parce que son estomac le lui dicte. Je dois réapprendre le bruit, la pollution, les horaires, les codes de l'urbanité, reprendre en marche le train de la société.

Lors de mon tour du monde, j'avais embarqué trois ouvrages de Nietzsche. Sans parvenir à en lire une ligne. J'avais aussi emporté une filmographie comptant une trentaine d'œuvres, de qualités assez inégales, j'avoue. Seulement deux visionnés en cent jours ! Être inoccupé, assis, casquette sur la tête à regarder mon sillage et la cime des vagues me suffisait amplement. Dissoudre mon âme dans la contemplation du présent ; retrouver des moments de vie oubliés et dialoguer avec eux ; me projeter dans l'avenir et construire de grands projets tel un général qui préparerait ses futures batailles... valaient bien tous les essais, toutes les sagas et les longs-métrages du monde.

J'ai découvert grâce à ce périple une richesse, intime, que la vie trépidante du monde habité avait inhumée au plus profond de moi et dont il – ou je – m'interdisait l'accès. Pour la première fois, le mot autarcie prenait son sens. Là, seul, je n'avais besoin de rien ni de personne. Le cours libre de ma pensée n'était interrompu par aucune sollicitation extérieure. Souvenirs, imagination, rêves, fantasmes étaient les souverains d'une pensée qui avait mis sa raison au repos forcé. Lucide, je goûtais à ces plaisirs infinis avec l'âme d'un privilégié, conscient du luxe que m'offraient les grands espaces océaniques et leur quiétude. De quoi me faire songer aux pages magnifiques que Montaigne consacre à la solitude dans ses *Essais*, la solitude qui n'est pas nécessairement l'apanage de l'homme seul mais la quête de celui capable de se ménager un quant-à-soi – la fameuse « arrière-boutique » – à l'extérieur du monde social, de son rythme et de ses artifices. « Il se faut réserver une arrière-boutique, toute nôtre, toute franche, en laquelle nous établissons notre vraie liberté et principale retraite et solitude. [...] Nous avons une âme contournable en soi-même, elle se peut faire compagnie, elle a de quoi assaillir et de quoi défendre, de quoi recevoir, et de quoi donner :

ne craignons pas en cette solitude nous croupir d'oisiveté ennuyeuse[1]. » Cette arrière-boutique est, pour lui, en retrait du magasin ayant pignon sur rue d'un monde affairé et bruyant. La solitude est donc une quête de l'âme, une réappropriation de sa pensée par soi-même. Nul besoin dès lors de conquérir les déserts ou les cimes enneigées. « L'ambition, l'avarice, l'irrésolution, la peur et les concupiscences, ne nous abandonnent point pour changer de contrée, disait le philosophe. Elles nous suivent souvent jusque dans les cloîtres, et dans les écoles de philosophie[2]. » En somme, la solitude n'est pas tant le fait d'être loin de ses semblables, c'est la faculté de dialoguer avec soi-même et de remettre son monde intérieur en résonance avec la symphonie cosmique. Celle du large n'a, dès lors, de sens que dans une reconnexion à la fois intime et universelle.

1. Montaigne, *Essais*, I, 29, « De la solitude », *op. cit.*, p. 445.
2. *Ibid.*, p. 440.

11

Le Graal du bout du monde

> « On ne choisit pas le cap Horn comme on se jette à l'eau… Chacun de nous sait bien qu'il faut se préparer, lentement, longuement, avec la patience de la vague, avant de se sentir, enfin, "assez grand" et digne de l'épreuve. »
>
> Alain Colas

Pour qui aime l'océan, pour qui aime la course au large, il est une ambition qui, tôt ou tard, s'impose et se fait pressante. Comme une vocation qui se transforme parfois en obsession. Cet appel, c'est celui du Horn, le rêve de virer le cap mythique, de passer la fin du continent sud-américain à l'issue d'une longue route dans les mers australes. Cette aspiration m'a happé aussi. Pourquoi à ce moment-là ? Sans doute parce que j'étais prêt.

Le cap Horn est autre chose qu'un point géographique plus au sud que tous les autres, plus qu'un bout du monde, plus que les 800 bateaux naufragés d'avoir osé l'affronter : il transcende l'histoire et la géographie pour devenir l'idée fixe de celles et ceux qui décident de partir le braver. Il est désir, dessein, prétention, convoitise, songe, travail, craintes, fantasmes. En un verbe : il se mérite !

« Car le Horn n'est pas un ennemi ni même adversaire au sens sportif du mot, écrivait Alain Colas – qui a bouclé un tour du monde en solitaire par les trois caps en 1973 –, mais un symbole : de ce qui est difficile, d'une certaine angoisse à apprivoiser, d'une grande récompense à mériter de prise en prise tout au long de l'ascension. Et, plus encore peut-être qu'une conquête individuelle, un héritage à assurer et à sauver. [...] Le cap Horn doit continuer à vivre et, si personne ne s'y rend plus à la dure, il rétrogradera à la dimension d'un point sur les manuels de géographie[1]. »

Ma rencontre avec le Horn eut lieu le 16 janvier 2017. Ce jour-là, sommet d'une vie de marin, on ne l'oublie jamais. C'est une date gravée au fer rouge dans ma mémoire, le moment où j'ai

1. Alain Colas, *Cap Horn pour un homme seul*, *op. cit.*, p. 211.

eu le sentiment d'être enfin à destination. Alors que je courais après les autres – et surtout moi-même – sur les mers du globe depuis des années, est montée en moi durant une brève parenthèse – l'instant où le cap s'est conjugué au présent – la plénitude de l'accomplissement. Cette suspension de ma vie le temps de quelques milles parcourus sous le dévent du cap ; ce sentiment d'avoir accosté au port où je devais amarrer et que j'avais toujours rêvé d'atteindre un jour ; cette carapace d'invulnérabilité qui d'un coup m'enveloppait – la mort, la maladie pouvaient m'emporter – faisaient que plus rien d'autre n'avait d'importance. L'espace d'instants intenses – et brefs –, l'énergie animale qui m'incite à vivre s'est dissoute, remplacée par l'hébétude de minutes indélébiles imprimées pour l'éternité. Je pouvais mourir brusquement, là, dans mon bateau, que cela n'importait pas : j'avais atteint et touché mon Graal.

Bien vite, le vent a rempli mes voiles et la vie repris son cours. La suspension existentielle s'est évaporée et bientôt le Horn s'est transformé en événement du passé. Mais chaque instant, chaque seconde qui m'a conduit au Horn occupe ma mémoire.

Ce grand jour a débuté avec un vent de 55 nœuds. Un coup de tabac que je n'avais pas choisi, moi qui avais privilégié de laisser passer une dépression et de la laisser descendre le long de la cordillère des Andes par prudence, ma première incursion dans les mers du Sud devant rester sereine. De fait, depuis cinq semaines, j'avais suivi une trajectoire nord afin de laisser le gros des coups de vent dans mon sud. Une stratégie qui ne m'avait pas épargné quelques infortunes : le déchirement de ma grand-voile, l'obligation de monter en tête de mât pour en décoincer une autre… Mais la stratégie m'avait quand même permis d'arriver jusqu'ici entier, là où d'autres marins y avaient laissé, au mieux, leurs rêves brisés dans les larmes d'une arrivée sur la côte sud-africaine ou australienne, au pire leur bateau, comme Kito de Pavant repêché par la marine française en plein océan Indien alors que son voilier menaçait de sombrer après une perte de quille. Mais ma route septentrionale atteignait ses limites en approche du Chili et de la cordillère des Andes. Venait le moment de choisir entre s'engouffrer dans le détroit de Drake et y subir les forts vents annoncés, ou bien ralentir pour laisser glisser le gros du souffle et passer le Horn dans des conditions maniables. Or, l'arrivée sur le cap est délicate, digne des derniers pas avant d'atteindre les 8 848 mètres du sommet du monde. Et pour cause : sur des milliers de kilomètres, rien n'est venu freiner l'océan et sa houle. Les dépressions des mers du Sud ayant fait le tour de l'Antarctique, s'est créé un tapis roulant de vagues de plusieurs milliers de kilomètres, une immense lame de fond qui débouche soudainement sur un détroit et des montagnes avant de connaître une remontée brutale des fonds au niveau du plateau continental près du Chili. S'ensuit un conflit entre l'air, l'eau et la terre qui se présente en rempart, conflit qui lève la mer jusqu'à créer des montagnes d'eau et renforcer le vent.

Toujours orienté sagesse et prudence, je ralentis et appelai Julien, responsable technique du bateau pour l'en avertir. Julien était voisin de Sébastien Josse, grand champion de la voile océanique, qui avait toujours eu un rôle de grand frère auprès de moi et guidé mes premiers pas dans le monde fermé et très gaulois de la course au large. Sébastien avait abandonné la course en Australie et eu le temps de rentrer en France. Si bien que tous deux étaient ensemble lorsque je leur annonçai ma décision. Et que le décalage de nos situations comme de nos voix me frappa. Ma voix, inquiète et saccadée, contrastait avec celle, enjouée et calme, de mon ami marin. Résonne encore en moi le son métallique, caractéristique des transmissions par téléphone satellite, des mots qu'il prononça : « Enfin, Fabrice, tu ne vas pas t'arrêter pour laisser passer le vent. Le cap Horn, c'est pour épater la ménagère, tu auras 35 nœuds tout au plus. Le cap Horn est un mythe pour les terriens mais notre cap Finistère est bien pire. » Piqué au vif dans mon orgueil, ni une ni deux, je changeai mon fusil d'épaule et repris ma route à vive allure. Quelques heures plus tard, j'évoluais dans 55 nœuds de vent établi, et 10 mètres de creux. Des conditions aujourd'hui encore comme les pires que j'aie jamais rencontrées. Je naviguais sur le fil. Avec le minimum possible de toile et en priant pour que le vent ne se renforce pas davantage, n'ayant plus l'option de pouvoir réduire ma voilure. Le piège se refermait.

Les collines de 10 mètres n'avaient pas l'allure hachée des vagues brutales de l'océan Indien lorsque le courant glacé de l'Antarctique rencontre celui, chaud, des Aiguilles. Là, il s'agissait bel et bien de montagnes liquides dures comme du béton qui me poussaient vers le sud de la Patagonie. Aucune échappatoire possible. Désormais, il fallait assumer et foncer.

La tempête dura dix heures. Puis le vent tomba, brutalement, alors que je découvrais les sommets enneigés de la Patagonie dans la lumière rose du soleil couchant. Depuis soixante-huit jours j'avais quitté la Vendée, sillonné trois océans, et pas un instant ma contemplation de l'horizon n'avait été troublée par la verticalité d'une côte ou d'un édifice solide. Et voilà que la majestueuse cordillère des Andes se dressait au loin. Pour qui ne trouve pas plus beau spectacle que celui des montagnes enneigées qui tombent dans la mer ; pour qui aime le contraste entre l'horizontalité absolue de l'océan et une verticalité rocheuse digne des remparts du continent, il y avait de quoi être éberlué. Alors quand, parmi ces montagnes, ces îles et cette côte fragmentée depuis des millénaires, apparut le cap tant espéré, un frisson me parcourut.

Il n'y avait aucun doute, c'était lui, identifiable au premier regard, comme Alain Colas l'avait décrit : « Il est là, fragile et fort, avec cette ambivalence qui sied aux objets qui veulent retenir le rêve des hommes, délicat dans la dentelle qui festonne les sommets, solide dans sa masse qui pénètre virilement dans les flots. Il est là, fruit convoité d'un combat titanesque entre l'océan et le rocher, tailladé de grands coups de hache, sillonné de rides, zébré de crevasses[1]. »

---

1. Alain Colas, *Cap Horn pour un homme seul*, *op. cit.*, p. 215.

Hiver 2018. Un an s'est écoulé. Après avoir conquis le Horn en solitaire, j'ai voulu m'y rendre par la terre, pour voir si la magie opère également lorsque les semaines de souffrance et la lutte contre les éléments ne sont pas de la partie.

Je pars donc, en famille, pour la Patagonie avec l'ambition de descendre jusqu'au Horn *via* les canaux mythiques qui résonnent de l'histoire de la région : le Beagle, celui de Magellan. Un voyage qui relève un peu du pèlerinage, afin de partager avec Charlotte et nos filles ce qui m'avait valu d'être absent cent trois jours. De fait, un Vendée Globe peut se résumer à la conquête du Horn, le rocher étant un peu la synecdoque de ces 25 000 milles de circumnavigation planétaire. Oui, ce Graal, cet objectif se mérite, se conquiert de haute lutte mais marque la fin des jours difficiles et le retour vers la maison. Je l'avais découvert de l'océan après presque soixante-dix jours de souffrance, j'allais maintenant voir l'océan et le détroit de Drake du haut du cap. Et revivre le même sentiment de plénitude ? Telle était la question.

Dès l'arrivée à Punta Arenas, je pressens que ce retour au Horn sera plus qu'un voyage vers un point géographique du bout du monde. La cité industrielle située face à la Terre de Feu n'a pas grand intérêt en elle-même. Des maisons et rues tristes, des cargos à l'ancre devant le port, une ambiance de couvre-feu dès la fin de la journée. C'est pourtant là que j'éprouve un sentiment tout nouveau : l'appel du bout du monde et celui du sud. Pour la première fois, je ne regarde pas vers l'ouest et ses crépuscules d'Atlantique, non, je vibre en lorgnant vers le sud et me sens comme aimanté par l'Antarctique que je ne vois pas mais que je sens partout. Car le vent a le goût du continent polaire si proche. Les éclaircies estivales qui permettent au mercure d'atteindre 15 degrés sont régulièrement interrompues par des bourrasques d'un vent glacé et sec.

Les jours suivants, à travers les canaux de Patagonie, naît un émerveillement de chaque instant. Le glacier Marinelli situé au fond de la baie Ainsworth offre la rencontre du bleu de l'océan, du blanc du glacier, de la grisaille de la roche et, quelques centaines de mètres plus loin, de la végétation luxuriante qui s'accroche pour pousser malgré des conditions climatiques hostiles. Partout les montagnes enneigées tombent dans l'océan, parcourues de rafales glacées. La lumière grise du jour à peine distincte de la pénombre gris clair de la nuit, les canaux qui nous conduisent vers le sud et le rocher tant convoité, l'absence d'âme qui vive à des dizaines de kilomètres à la ronde, de bateau sur ces voies d'eau, bousculent nos raisons, nos habitudes et nous fascinent.

Mieux encore : la magie du cosmos opère ici plus que jamais. Tout mon être renoue avec la paix intérieure et le sentiment de plénitude éprouvés tant de fois au large.

Et puis, un matin, il est là. Devant nous. Solennellement planté en avant d'une myriade d'îlots montagneux. Dressé au milieu d'un océan froid et cristallin, face au détroit de Drake. Je songe aux innombrables bateaux qui se sont fracassés contre lui, aux dizaines de sillages conquis dans la souffrance. Il est réellement comme une récompense, ce foutu Horn ! Même en arrivant par son nord-est, et presque confus de tricher avec le devoir de conquête qui oblige à le franchir d'ouest vers l'est, l'émotion est grande.

Le rocher se reconnaît au premier regard : son allure est massive ; ses cicatrices, gravées par les vents et les attaques des flots, ont tellement imprimé ma rétine que je l'aurais identifié rien qu'en apercevant sa silhouette. Par chance, la météo est clémente et nous permet de descendre sur l'île même. Où nous sommes accueillis par Andres Morales, un militaire chilien qui y habite avec sa femme et ses trois enfants pour un an. Sentinelle du bout du monde, il a pour mission de garder le rocher, d'entretenir son phare et de recenser tous les bateaux de passage.

Et bientôt, je suis là, assis au cap Horn. Installé en haut de ce summum dont je n'avais profité que brièvement un an plus tôt. Le passage du rêve à la réalité, de la quête et de l'espoir au souvenir m'avait semblé si brusque après tant de mois de préparation, tant d'aventure sur les océans, que je me devais de revenir me poser sur ce rocher et humer l'air du cap.

Le vent d'ouest balaye les collines désertiques de l'île. Les souvenirs affluent. Le coucher de soleil sur le rocher. Le ciel rose, les montagnes grises et leurs sommets enneigés. L'émotion qui m'avait saisi lorsque je les avais aperçues, première terre après les soixante-huit jours d'horizontalité totale autour de moi. Bientôt, le frémissement de mes narines en humant les odeurs du continent, de la nature sauvage, contraste bienvenu après cette éternité à respirer l'air iodé uniforme. Si, posé sur le rocher, je ne sens rien de particulier, au passage précédent j'avais des senteurs de bois, de végétation sèche.

Le monde moderne laisse peu de temps à la jouissance du devoir accompli. Son tourbillon rend quasiment impossible au marin de se laisser aller à la plénitude de l'accomplissement, au bonheur de s'être réalisé, tant, la ligne d'arrivée franchie, un tourbillon l'entraîne. Un tourbillon agréable mais si loin de la dimension et de l'intensité de ce que j'avais vécu. Les médias, les réseaux sociaux, retrouver Paris, sa pollution et ses embouteillages, répondre aux sollicitations des inconnus qui ont suivi le parcours, envoyer les remerciements à celles et ceux qui ont fait confiance... pas un instant, je n'avais réussi à arrêter le temps et m'accorder la suspension phénoménologique permettant d'écouter la plénitude qui brûlait en moi. Mais en cet hiver 2018, je pouvais enfin le faire. Et savourer le bonheur de l'avoir fait. Déguster ce qu'Alain Colas décrit si bien à l'arrivée de sa navigation en solitaire : « Ces instants donnaient à la longue route du tour du monde son vrai poids d'éternité. À m'être battu, et bien battu, à avoir travaillé, et bien travaillé, pour atteindre chacun des objectifs, remplir au jour le jour la mission que je m'étais assignée, j'éprouvais d'un coup comme il est bon de s'être accompli[1]. »

1. Alain Colas, *Cap Horn pour un homme seul, op. cit.*, p. 244.

12

Voyage au fond de soi

> « Une seule chose est nécessaire : la solitude. La grande solitude intérieure. Aller en soi-même et ne rencontrer durant des heures personne, c'est à cela qu'il faut parvenir[1]. »
>
> Rainer Maria Rilke

Seul. Ce mot résonne en menace et, à première vue, comme l'antithèse du bonheur. À terre, j'abhorre la solitude, aimant être entouré de celles et ceux que j'aime. Une fois seul, il est rare que je ne fasse rien. Laisser mon smartphone dans ma poche et écouter les bruits qui m'entourent, humer l'air du jour, ne pas penser à quelque chose de précis, invoquer des souvenirs, dialoguer avec des époques oubliées, m'ennuyer… – oui s'ennuyer, quel luxe ! –, j'aimerais m'y adonner

1. *Lettres à un jeune poète* (1929).

mais je crois ne pas avoir eu ces privilèges depuis bien longtemps. Une fois au large, quels changements.

Pourtant, la solitude n'y a rien de naturel non plus. Combien de fois ai-je maudit la condition de marin solitaire aux prises avec un immense bateau ! Transpirer seul pour tourner la colonne de winch qui permet de hisser les voiles. Vivre seul certaines manœuvres qui peuvent durer un quart d'heure et virer à l'enfer. Déplacer seul, en ne comptant donc que sur soi, les 500 kilos de matériel d'un côté à l'autre du bateau lors d'un changement de trajectoire. Subir seul le sac rigide et humide qui blesse les mains et meurtrit les doigts. Supporter seul la voile dans son sac qui pèse un âne mort et vire à l'épreuve pour le dos et les cuisses, le tout sur un support en mouvement, se dire que les architectes de ces voiliers imaginés raides pour rebondir sur l'océan, au prix de renforts longitudinaux et latéraux qui ne permettent pas de faire glisser mes sacs au sol et ainsi contraignent à les soulever, n'ont vraiment pas pensé à l'occupant, solitaire, des lieux. Le plus pénible sur un voilier de course au large ne sont donc pas le froid, la fatigue, la nourriture lyophilisée, le danger, la solitude même, mais de descendre en cabine pour déplacer, seul, ces poids morts et ressortir trempé de sueur dans sa polaire et son ciré.

On ne peut imaginer ce que signifient cent trois jours loin des hommes, tant qu'on ne l'a pas vécu. J'avais déjà passé deux, trois semaines sur l'océan à la veille de mon premier tour du monde mais je ne pouvais concevoir ce qui m'attendait. Si la perspective de cette traversée en solitaire m'a fait trembler pendant des mois, ce que j'ai ressenti ensuite fut différent encore.

Une fois parti, la solitude m'a pesé, certes, mais après trois semaines au large, elle est peu à peu devenue « sœur de la liberté », comme le dit Sylvain Tesson[1]. Je me suis progressivement ouvert à la beauté du monde, débarrassé des chaînes qui, à terre, me font tourner le dos à l'essentiel. J'ai quitté complètement l'époque hypermondialisée, mercantile et cyber-connectée, qui organise nos rapports aux autres et aux choses à travers des médiations nommées Facebook, Amazon ou Instagram, pour me tourner vers le réel. Parfois je me suis même demandé si je n'étais pas plus seul à terre au milieu de ces illusions de présence, tel l'homme de la caverne de Platon qui vit au milieu des ombres du réel, qu'au large,

1. Sylvain Tesson, *L'Axe du loup*, *op. cit.*, p. 135.

seul face à l'Être et à toutes ses manifestations les plus éblouissantes !

Au fil des milles et des journées qui s'enchaînaient, la solitude s'est transformée en duvet confortable au sein duquel je me réfugiais avec bonheur. Le diktat de l'avis d'autrui sur mes faits et gestes n'existait plus, n'agaçait plus, n'entravait plus. Personne pour attendre quoi que ce soit de moi ou me juger. Vivre au rythme des changements de voile. Dormir ou se nourrir à la demande à n'importe quelle heure du jour ou de la nuit. Suivre le rythme du soleil. Écouter son bateau comme son corps !

Au gré des semaines, mon bateau, les nuages, le bleu-gris-noir autour ont commencé à se peupler d'autres imaginaires, mais surtout d'un alter ego fictif avec qui partager mes joies et mes peines à haute voix. Le soleil, les nuages, les coups de vent semblaient des êtres doués de pensée ou, *a minima*, susceptibles de m'entendre quand je m'adressais à eux. Même si, parfois, je pestais qu'ils ne m'écoutent pas. Ainsi, dans les mers du Sud, mon parcours s'est vite apparenté à un combat contre les éléments qui semaient sur le chemin du bateau bien des obstacles : mer hachée, vent qui soufflait fort, tous les deux jours un front de dépression qui nous passait dessus. Comme un boxeur qui enchaînerait les combats et qui, à peine descendu du ring, encore groggy de sa première rencontre, enchaînerait un nouvel assaut, j'étais assailli et avais à peine le temps de me remettre d'un coup de vent qu'un autre me jetait dans la lessiveuse. Ces dépressions observées par des satellites, aux trajectoires calculées et prévues au kilomètre près, à la force analysée et anticipée grâce à des algorithmes, dont la genèse est connue – celles, australes, rencontrées au début de ma traversée de l'océan Indien naissent soit d'un front froid stationnaire au large du Brésil, soit d'une origine plus lointaine qui les a fait tourner autour de l'Antarctique –, poussaient, poussaient encore et encore. Car dans les mers du Sud le vent n'est pas un courant d'air, mais une main qui boute, un pied qui botte le derrière en direction de l'est. L'océan Pacifique tend vers le cap Horn, comme s'il était un point désiré, une terre promise où lui aussi connaîtrait le repos.

Or ces connaissances rationnelles, la possibilité de recourir à des logiciels, à des algorithmes ou à des photos prises par satellites pour me rassurer, aider, sinon guider ont été ensevelies sous le poids des superstitions qui m'ont envahi au fil des jours. Dans ma tête, ces dépressions n'étaient en rien issues d'échanges de masses d'air dans l'hémisphère Sud, non, mais envoyées par une figure divine qui choisissait le bien ou le mal pour moi. Et lorsqu'elle expédiait le pire, avec les coups de vent à répétition, c'était pour éprouver ma volonté de traverser cet océan mais aussi me punir d'actions passées !

Cette façon de penser, ou plutôt de repenser l'enchaînement des phénomènes et ce qui m'arrivait, a atteint son acmé au point Nemo, le point à la surface de la planète le plus éloigné de toute terre. Tandis que le sommet de l'aventure océanique était pour moi – comme pour beaucoup – le cap Horn, le nirvana de l'aventure intérieure, lui, se trouvait dans ce « lieu » imaginaire au milieu du Pacifique Sud, appelé aussi « pôle maritime d'inaccessibilité ». Mon Everest personnel se résumait à une sentinelle de roche postée face au détroit de Drake qui affronte de multiples tempêtes et ouvre sur l'Antarctique ; mon Everest intérieur, lui, se situait par 48° sud au milieu de la désolation du Pacifique, à 2 700 kilomètres de toute terre !

Nous sommes le 9 janvier 2017. En arrivant sur cette zone du Pacifique Sud qui marque le pire de la solitude, j'ambitionne de rédiger une chronique pour *Le Figaro* où je partagerais l'émotion d'être ici. Je me sens loin. Chaque mouvement et chaque geste sur le bateau est empreint de gravité. Ici, aucun droit à l'erreur. Pas de plan B. Le moindre faux pas se transformerait en catastrophe. Étant à des centaines de kilomètres de toute route commerciale, hors de portée de sauvetage aérien, des secours envoyés à ma rescousse par voie maritime mettraient une semaine pour me rejoindre. Seul de chez seul, en somme. Comme le marcheur au milieu du désert ou l'alpiniste en approche du sommet.

S'arrêter est impossible. Il faut avancer. Tel le requin qui n'a pas les muscles nécessaires pour faire couler l'eau dans ses ouïes et doit sans cesse avancer afin que l'oxygène de l'eau passe en lui parce que, s'il s'immobilise, il meurt, me voilà condamné à avancer pour survivre. Dans mes instants de lucidité, je vois combien le temps passé à bord loin des hommes modifie plus que jamais ma perception du réel. Le Robinson de Michel Tournier me revient encore et encore à l'esprit. Et notamment ce passage : « Ma solitude n'attaque pas que l'intelligibilité des choses. Elle mine jusqu'au fondement même de leur existence. De plus en plus, je suis assailli de doutes sur la véracité du témoignage de mes sens. [...] Contre l'illusion d'optique, le mirage, l'hallucination, le rêve éveillé, le fantasme, le délire, le trouble de l'audition... le rempart le plus sûr, c'est notre frère, notre voisin, notre ami ou notre ennemi, mais quelqu'un, grands dieux, quelqu'un[1] ! »

Moi aussi, je deviens fou. Moi aussi je tourne en rond dans un face-à-face inévitable avec moi-même. Et les écrits de Gilles Deleuze[2] consacrés aux conséquences de la perte d'autrui sur Robinson, échoué seul sur son île, remontent à la surface. Me manquent l'autre, les autres. Cette « structure du champ perceptif », qui permet à l'individu de désirer, de percevoir, d'avoir conscience et de donner sens au monde qui l'entoure. « Autrui assure les marges et transitions dans le monde. Il est la douceur des contiguïtés et des ressemblances[3] », dit le philosophe. Personnellement, je ne désire rien qui ne soit vu, pensé et désiré par autrui, fondement de mon désir. Sans cet autrui, le monde me paraît « cru et noir, sans potentialités ni virtualités : c'est la catégorie du possible qui s'est écroulée[4] ». Je l'ai évoqué plus haut : le roman de Michel Tournier ne conte pas uniquement les aventures de Robinson sur son île déserte, il nous aide à penser les conséquences

1. Michel Tournier, *Vendredi ou les Limbes du Pacifique*, *op. cit.*, p. 58.

2. « Michel Tournier et le monde sans autrui », *in* Gilles Deleuze, *Logique du sens*, *op. cit.*

3. *Ibid.*, p. 355.

4. *Ibid.*, p. 356.

de la dissolution d'autrui chez tout homme isolé. Et l'homme ainsi dépossédé de ce qui structure sa perception du monde, de ce qui permet de donner sens aux objets, devient comme fou. D'une folie proche de celle que le pervers, au sens psychiatrique du terme, atteint « par d'autres moyens sur son île intérieure ». Sans autrui, le monde s'écroule. Sans autrui, la distinction entre la conscience et son objet s'efface. « La lumière devient œil, et elle n'existe plus comme telle : elle n'est plus qu'excitation de la rétine, estime Deleuze. L'odeur devient narine – et le monde lui-même s'avère inodore. La musique du vent dans les palétuviers est réfutée : ce n'était qu'un ébranlement de tympan. [...] La terre elle-même n'est que le grand corps qui retient les éléments. La terre n'est terre que peuplée d'autruis. C'est autrui qui fabrique les corps avec des éléments, les objets avec des corps, comme il fabrique son propre visage avec les mondes qu'il exprime[1]. » Sans autrui, l'homme est donc en état de vulnérabilité psychique puisque autrui structure le réel et le rend vivable. Sans l'autre, il n'y a plus de possibilité d'erreur, la conscience colle avec son objet dans un éternel présent et donne l'impression de vivre en répétitions identiques la même

1. *Ibid.*, p. 361-363.

journée. J'étais passé à côté du sens profond de l'aventure de Robinson en le lisant la première fois, alors que j'étais jeune adulte. Et il m'a fallu connaître cette solitude absolue des mers du Sud pour comprendre ce que dit ce roman. Au point Nemo, fatigué par les ennuis quotidiens, épuisé par les longues semaines de solitude, je suis un peu dans le même état que Robinson sur son îlot. Certes, je reste connecté quelques instants par jour à la terre *via* le satellite, mais j'ai quitté notre monde hyperconnecté. Le décalage entre cet univers, drogué aux technologies de la communication et de l'information, et un bateau équipé d'un téléphone satellite, navigant autour du monde mais isolé dans une mer uniforme, ne doit pas être loin de celui entre le monde des terriens du XVIIIe siècle et une île déserte.

Pour préparer ma chronique, je profite de l'interstice d'une connexion satellite de bonne qualité pour lire ce que Wikipédia dit du point Nemo. La description n'énonce rien que je ne sache déjà mais termine en expliquant que cette zone du globe peu fréquentée est un cimetière pour les satellites des grandes puissances, qui y précipitent souvent leur matériel lors de leurs retours de l'espace. Cette région loin de tout aurait donc déjà accueilli plus de 250 satellites obsolètes dont la station russe Mir et ses 120 tonnes de ferraille. Cela me semble complètement insensé, mais, les deux jours suivants je n'ai cessé de scruter le ciel en craignant de m'en prendre un sur la tête !

À quel moment les délires océaniques de la raison solitaire cessent-ils ? À quelques centaines de milles des côtes ? À la vue de la terre ? Non, en retrouvant le monde habité et les hommes. Le retour à une raison qui voit les événements comme un enchaînement organisé de causes et de conséquences vient du contact avec les semblables, des retrouvailles avec autrui, ce dernier reprenant son rôle de structuration du réel. Si bien que tant que je n'ai pas revu un visage de femme ou d'homme, je suis comme un indigène qui n'aurait jamais aperçu la « civilisation ». L'expérience solitaire au large est une plongée dans un mode de pensée primitif, en dehors de la rationalité totalitaire de la pensée à terre.

Durant ces cent trois jours de solitude, j'ai vraiment eu le sentiment de laisser derrière moi la réflexion rationnelle de l'homme moderne pour retrouver les racines d'une pensée plus primitive, accordée à la nature de desseins obscurs pour moi. Car, à bord, c'est tout un monde qui a pris vie : la colonne de winch qui est trop dure et à laquelle je demandais de m'aider, certaines voiles vraiment trop grandes lorsque le vent montait brusquement sous un grain dont j'implorais la clémence et que je priais de se rouler en toute sécurité. D'autres desquelles je sollicitais de la patience quand elles claquaient et qu'il fallait accélérer l'affalage. Le tout à haute voix !

Un livre de philosophie lu durant mes études nantaises explique ce qu'est « la pensée mythique » et m'a éclairé sur ce voyage aux racines de la mienne[1]. À l'en croire, voir le mythe comme une sorte de légende, un récit d'événements fabuleux, serait erroné. Au contraire, il s'agit d'une structure d'existence qui permet l'insertion de l'homme dans la réalité, d'une métaphysique originale qui construit la cohérence de l'univers pour la pensée primitive. En conférant à la nature le pouvoir de tester ma volonté de traverser les mers du Sud, en lui accordant celui de me punir – et ce en dépit de tous les logiciels à bord qui permettent d'avoir une explication rationnelle et géométrique de ce qui arrive –, je replonge dans une pensée primitive. « Cet objet m'a fait mal », dit le primitif, comme l'enfant. « Le primitif reconnaît à l'environnement la même réalité qu'il s'accorde à lui-même[2]. » « Cette dépression était là pour me punir », me disais-je. La pensée

1. Georges Gusdorf, *Mythe et Métaphysique*, Flammarion, coll. « Champs », 2005.

2. *Ibid.*, p. 63.

mythique est structure d'univers, elle s'affirme comme « conduite de retour à l'ordre[1] » : « Il s'agit d'enraciner l'homme dans la nature, de garantir son existence constamment exposée à l'insécurité, à la souffrance et à la mort. » Tous les dangers, toutes les menaces sur mon chemin avaient une raison, mais la survie était au bout de l'aventure car la force qui m'envoyaient tempêtes et vagues destructrices ne voulait pas ma mort. La force de la pensée mythique avait donc pris chez moi le pas sur l'analyse rationnelle des fichiers météo interceptés par mon antenne satellite et décryptés par les savants algorithmes du logiciel de navigation. Mon GPS, la cartographie de l'ordinateur et les logiciels d'analyse de trajectoire n'ont pourtant pas fait le poids face à la résurgence de la pensée primitive. Les mers que j'ai traversées, les nuages, les rafales de vent n'étaient, à mes yeux, jamais dépourvus d'intentions neutres. J'ai donc fait le tour du monde avec la conviction qu'ils avaient un dessein pour moi et que celui-ci aurait une issue favorable. Sinon, me serais-je autant entêté sur la route du Horn ?

Le dessein de ces éléments était heureux mais ils avaient toutefois décidé de me pousser loin dans mes retranchements de marin. Comme on

1. *Ibid.*, p. 58.

ne quitte pas la rédaction d'un grand journal parisien pour se retrouver moins de deux ans plus tard dans les mers du Sud, à un moment, l'océan a cherché à me faire payer cette outrecuidance. Ou à s'assurer que partir n'avait pas été une décision prise à la légère et venait du plus profond.

En ce mois de juillet 2020, à quelques semaines d'un nouveau tour du monde, je suis en mode pensée rationnelle, celle d'un « terrien ». Les jours se suivent selon une linéarité absolue, et chaque événement survenant autour de moi a une cause, lui-même étant le déclenchement d'une conséquence. Cette vision spatiale du temps à terre m'aide à compter les jours qui me séparent du grand départ. Je sais que, bientôt, je serai seul sur l'océan et que l'édifice de mes idées et réflexions rationnelles se fissurera, fondra sous la lente attaque de l'océan et la vision de son immensité. Je me sens évidemment moins dépourvu que la première fois à l'heure d'aborder cette deuxième expérience de la solitude autour du monde. J'en connais la sensation froide au début puis la chaleur qu'elle provoque au fil du voyage : elle me tend les bras comme pourrait le faire un être aimant. Je vais vite redevenir ermite, passer des journées à regarder la ligne d'horizon, aussi loin que portera mon regard. Mes habitudes de terrien seront loin : connexion Internet, douche, nourriture variée, nuit d'une seule traite dans un lieu chaud et confortable. Je ferai le deuil de ces avantages de la même façon que trois mois plus tard, lorsqu'il s'agira de revenir vers la terre, un deuil retour sera à assurer. Mais inutile d'y penser déjà. Je me laisse aller, avant l'heure, à ce jeûne que le large impose à mon âme. Renouer avec l'impression de se suffire à soi-même. Partir à la rencontre du sentiment si pur d'être seul et de vivre pour soi, au rythme de la nature et de l'océan. Savourer le libre cours de la pensée jamais interrompu par une sollicitation extérieure. Mes souvenirs, mon imagination, mes rêves, les cogitations raisonnables mis au repos forcé, je goûterai les plaisirs infinis de la liberté d'esprit avec l'âme d'un privilégié, conscient du luxe que lui offrent les grands espaces océaniques et leur quiétude. Plus les jours passeront, plus la terre s'éloignera et, avec elle, les bruits, les préoccupations, l'agitation qu'elle crée et se prolonge en moi. Mes réflexions deviendront peu à peu plus profondes, plus précises aussi. Je me surprendrai à dialoguer avec des pans oubliés de ma vie. À revoir des visages d'amis du temps de mes études à Nantes. À retrouver des noms de professeurs croisés chemin de la Censive-du-Tertre à la faculté de philosophie, comme sortis de terre et d'oubli, libérés des angles morts de la mémoire. Je serai, au fond, comme Eigil Knuth, errant sur son traîneau dans l'immensité blanche et silencieuse du nord du Groenland : « Les idées fourmillent, plus fécondes que jamais, à croire qu'elles ont été trop longtemps contenues. Et, parce que les tracas de la vie passée s'effacent déjà, aussi lointains et irréels que les paysages de neige abstraits alentour, on finit par s'en détacher. Plus on marche, assuré et serein derrière le traîneau, vers la destination du jour, plus on est en mesure de résister aux intrusions parasites, de laisser les pensées affluer, fuser, céder la place à d'autres. Semblable au désert, on devient une entité pacifiée et harmonieuse – un être humain accompli[1]. »

Se sentir heureux, ou plutôt l'être pleinement. Éprouver une liberté absolue et une liberté toute cosmique. Être la micro-particule d'eau à la crête des vagues, insouciante. Laisser vagabonder l'esprit selon les lois de l'imagination ou en réverbération au monde bleu qui m'entoure. Qu'ils seront loin, les ennuis de la terre !

Je croulerai pourtant sous ceux du bateau. La dernière fois, c'était une grand-voile déchirée.

1. Eigil Knuth, *Indépendance. Ou la philosophie du voyage en traîneau*, Paulsen, 2009, p. 20-21.

Quelques jours plus tard, des drisses emmêlées en tête de mât. Il y eut aussi un safran tribord qui, dès l'océan Indien, montra des signes de faiblesse. Mais pour rien au monde je n'échangerais ces ennuis contre l'agressivité du conducteur qui accélère au passage clouté quand il me voit, piéton, m'engager, contre l'égoïsme de cet autre qui se moque de faire le tri des déchets, contre les tracas agaçants de la déclaration d'impôts à remplir, la cantine des enfants à payer, le klaxon des automobilistes parisiens qui trouvent que deux secondes pour démarrer au feu vert c'est toujours une de trop. Qu'il est bon d'être un poisson dans son eau, au large, quand le monde des terriens est d'une violence et d'un terne absolus. Moi, en mer, seul, je brise pierre après pierre le mur que la société dresse entre l'individu et le monde. Et retrouve le chemin vers la béatitude et l'harmonie.

13

Quand la magie n'opère pas

> « Ainsi va la vie, notre destin n'est qu'à deux pas, semblable au grand serpent. Nous observons tout autour de nous, avec défiance, et nous ne voyons rien[1]. »
>
> Dino Buzzati

L'expression *De fuga mundi* se rapporte aux moines bénédictins qui, autrefois, se mettaient à l'écart, souvent dans le désert, pour se détacher des préoccupations inutiles, favoriser la vie intérieure et se consacrer à ce qui était essentiel à leurs yeux : la parole de Dieu. La course océanique, à bien des égards, constitue une magnifique *fuga mundi*, une rupture radicale avec toutes les formes de la mondanité, et un chemin de libération comme un chemin d'ouverture.

1. Dino Buzzati, « La Grosse Couleuvre », in *L'Écroulement de la Baliverna.*

Même au XXIe siècle, ère qui voit l'explosion des moyens de communication notamment satellitaires, au large mon temps de connexion avec la terre n'excède pas une trentaine de minutes par vingt-quatre heures, demi-heure durant laquelle je télécharge l'information météo matin et soir, envoie des photos ou une vidéo afin de partager mon aventure, accueille quelques mails et appelle à la maison. Lorsque je parle de me « déconnecter pour mieux se connecter », de « partir pour être présent », je ne rapproche donc pas des principes antagonistes par pur plaisir ou provocation. Ainsi, durant mon premier Vendée Globe et ses cent trois jours d'absence, j'ai constaté à quel point l'éloignement me rapprochait de celles que j'avais laissées à terre. Alors qu'à maintes reprises, pris par le tourbillon de la vie citadine et mon smartphone, j'avais oublié le contrôle de calcul du jeudi ou la dictée du vendredi, loin dans les mers du Sud, parfois dans des conditions de vent et de mer qui défiaient l'imagination, je n'ai jamais perdu de vue ces échéances majeures pour mes enfants, j'ai toujours pris des nouvelles de leurs journées d'école le soir *via* satellite, et ce avec la précision d'un père qui aurait passé la journée à les attendre à la maison. Charlotte, à l'arrivée, me le dit sans ambages : « C'est fou, tu n'as jamais été aussi présent alors que tu étais absent. » Comme si l'éloignement nous avait aidés à renouer avec l'essentiel, grâce à des échanges téléphoniques brefs mais condensés, intenses, efficaces, et surtout le retour à l'échange épistolaire !

Je crois donc plus que jamais à cette vertu peu évoquée de l'aventure sur les océans : suspendre notre immersion dans les choses et flux du monde contemporain pour nous rapprocher des êtres chers, nous tourner vers l'essentiel, nous donner la capacité de voir à nouveau le monde, le contempler et s'en émerveiller.

Mais la magie du large n'opère pas toujours. Parfois, la lenteur née de l'absence de vent ou le fait de ne pas être en mer pour les bonnes raisons transforment le bateau en cercueil dont le couvercle se referme sur le marin, le large devenant un espace clos suffocant. J'en ai fait l'amère expérience sur la Route du Rhum, la course en solitaire entre Saint-Malo et Pointe-à-Pitre. Qu'on me permette de partager ici mon journal de bord, écrit pendant cette traversée.

« 26"12 degrés nord. 26"05 degrés ouest. Le 15 novembre 2018. Je suis quelque part au milieu de l'Atlantique. À un peu moins de 500 milles dans l'ouest des Canaries. C'est la Route du Rhum. C'est ma troisième participation à cette course, l'année de mes quarante ans. C'est un peu l'une des courses de ma vie, et pourtant je ne suis pas en course. Je ne cours pas. Je marche. Je déambule le long des hautes pressions qui me barrent la route. Je flâne à 4 nœuds sur une mer plate. Le bateau d'ordinaire si bruyant avec sa coque en carbone, si prompt à siffler lorsqu'elle accélère, est comme silencieux. Envahi lui aussi par la magie du lieu. Autour de nous, une multitude de nuages et de dégradés de gris. Je pourrais passer une vie entière à les compter et à les contempler. En certains endroits, des trouées de soleil donnent l'impression d'averses de lumières dans l'océan ou que l'œil de dieu balaye les flots à la recherche d'on ne sait quoi, tel un projecteur qui balayerait le sol. Ces moments de contemplation m'emplissent autant qu'ils me détruisent. Une partie de mon être aspire à cette suspension heureuse du temps, à cette immersion dans une temporalité qui s'étire ou même qui s'arrête. Mais une autre aurait aimé être dans la course. C'est tout le paradoxe d'une flânerie et d'une contemplation que vous n'avez pas choisies et qui vous sont imposées par les circonstances. Il est plus difficile d'y entrer mais ne sont-elles pas plus riches une fois que le marin y est pour de bon, et a su se détacher de l'objet premier de sa quête océanique ?

« J'ai quitté la cité corsaire un dimanche 4 novembre gonflé par l'enthousiasme populaire que suscite la Route du Rhum mais surtout avec le sentiment du devoir accompli. Celui d'avoir bataillé pour me porter acquéreur d'un magnifique monocoque de 60 pieds de récente génération. Celui d'avoir fiabilisé cette machine grâce au travail méthodique de l'équipe technique qui me suit. D'avoir parcouru de nombreux milles à son bord, jusqu'à entrevoir une sorte d'osmose avec mon bateau. Et celui enfin d'avoir vaincu quelques failles intimes qui me faisaient toujours m'interdire le succès face à ces grands marins. Oui je pouvais faire une belle course, sur ce grand et magnifique monstre de carbone. Loin de moi alors toute connexion au cosmos. Seuls comptaient la course et le temps. Le temps que je mettrais pour affaler mon J1 à la bouée du cap Fréhel puis à envoyer mon gennaker, le temps que mettrait la dépression à nous arriver dessus en sortie de Manche et surtout le temps que mettrait le coup de vent attendu à s'installer dans le golfe de Gascogne et le long de la péninsule Ibérique.

« La tempête qui nous a cueillis au troisième jour de course au large du Cap Finisterre avait fait couler beaucoup d'encre. La direction de course devait-elle donner le départ et nous envoyer dans 50 nœuds de vent ? Oui, bien sûr que oui. Les conditions de sécurité étaient bonnes devant Saint-Malo le jour du départ. Il fallait donner ce départ et ensuite, libre à chaque marin de savoir ce qu'il devait faire. Aller affronter le gros du vent et de la mer, s'abriter en cours de route, trouver une trajectoire qui permette de minimiser la violence des éléments. Dans un monde de plus en plus judiciarisé, régi par les grandes compagnies d'assurances et le principe de précaution, il est important que la mer reste l'un des derniers espaces de liberté où le marin est maître à bord, de sa sécurité et de celle de son bateau.

« Je me suis senti bien dans cette tempête. J'aime le spectacle de l'océan en colère et devoir faire le dos rond, composer avec son hostilité pour passer malgré tout avec mon bateau. Mais c'est alors que le plus dur est fait, alors que je me situe dans la traîne de la dépression avec des vents portant de 45 nœuds, alors qu'il ne me reste que quelques heures de glissades vers le sud en attendant que le système météorologique se déplace et que je puisse reprendre ma course mise entre parenthèses, c'est à ce moment-là que je me rends compte que mon bout-dehors est cassé, cet espar en carbone à l'avant du bateau qui permet d'envoyer nos vastes voiles de portant. Sur un Imoca, le spinnaker fait 400 m^2. Sur le moment, nul besoin de cet espar et de ces voiles dans le coup de vent que je subis, mais il est impensable de traverser l'Atlantique après Madère, dans les alizés, sans lui. Pour moi, c'est un signe de l'océan. Lui qui a toujours été protecteur et bienveillant, lui qui m'a comblé durant toutes ces années, m'envoie le signe que, cette fois-ci, ça ne passera pas. Pas de bout-dehors, des ennuis d'électronique, des concurrents autour de moi qui rencontrent aussi d'importants problèmes : un dématage et une coque qui commence à se désagréger sous les coups de butoir des vagues qui atteignent 6 mètres. Je tire la barre et décide donc de faire route retour vers le port d'attache du bateau : La Trinité-sur-Mer.

« Je n'ai pas d'état d'âme. C'est la première fois que j'abandonne. Il fallait bien que ça arrive un jour. Je parcours ainsi 60 milles à rebours de la Route du Rhum, en destination de la Bretagne. Mais plus j'avance et moins je suis sûr de moi. Quel message veux-tu envoyer à tes enfants ? Celles et ceux qui te soutiennent comprennent que l'on s'arrête quand on démâte, mais comprendront-ils pour un bout-dehors ? Je décide de repartir dans l'autre sens. C'est décidé : j'irai au bout de cette histoire.

« Pour cela, je m'arrête trois jours à Cascais près de Lisbonne et suis rejoint par mon équipe qui réinstalle un précieux espar. Voici de nouveau mon fidèle destrier en capacité de traverser l'Atlantique dignement. Je repars et navigue ainsi deux jours, mais, au troisième, à une centaine de milles sous Madère, une détonation à l'avant du bateau ruine tous mes espoirs : le bout-dehors a encore cédé. Cette fois-ci, la décision est plus facile à prendre : je mettrai deux semaines à rallier les Antilles, à l'allure d'un bateau de croisière, mais j'irai au terme de cette histoire.

« Avant de parler de compétition, l'ADN de notre sport est de terminer les courses. On ne peut pas quitter la terre, se lancer dans des aventures sur les océans et s'arrêter dès que le cahier des charges de départ n'est plus respecté : "Je ne peux plus réussir mon objectif sportif, ça va être plus long que prévu alors je rentre ?" Non, la force même de ce sport est d'être en environnement instable. La magie de l'océan, c'est que rien, justement, ne se passe jamais exactement comme prévu. Je dois aller au bout de cette route.

« Alors je quitte la course pour entrer dans ma course qui n'en est pas une : rallier à vitesse réduite les Antilles, traverser un océan avec des voiles qui ne sont pas appropriées. L'expérience peut sembler attrayante : profiter des paysages alizéens durant deux semaines. Des levers de soleil qui apportent une bouffée d'air chaud du Sahara dès que le soleil dépasse la ligne d'horizon.

Des couchers de soleil qui illuminent le ciel et les alignements de cumulus de toutes les nuances imaginables de couleurs, du rouge au violet en passant par le rose. Des nuits au clair de lune où le bateau glisse, poussé par la houle, et où l'on voit quasiment comme en plein jour. Une chance pour moi d'arrêter le temps. De renouer avec cette ouverture cosmique que j'aime à ressentir au large et à laquelle il n'est parfois pas évident d'être ouvert quand on est secoué sur un bateau qui avance à vive allure, coincé sous la casquette de protection du cockpit avec les embruns qui font courber l'échine. Ressentir cette puissance de la nature, cette palpitation de l'univers. Pouvoir naviguer pendant dix jours à la recherche d'un crépuscule, un moment, tel que celui-ci vécu quelques années plus tôt dans l'Atlantique Sud. Voilà cinq ans que je parcourais les océans à sa recherche et l'océan m'offrait une chance unique de le revivre. J'aurais aimé faire ce voyage que réalise le poète sous la plume d'Émile Verhaeren :

J'aurai senti les flux
Unanimes des choses
Me charrier en leurs métamorphoses
Et m'emporter, dans leur reflux. [...]
Et maintenant c'est sur tes bords, ô mer suprême,

Où tout se renouvelle, où tout se reproduit,
Après s'être disjoint, après s'être détruit,
Que je reviens pour qu'on y sème
Cet univers qui fut moi-même.

« Oui, mais cette fois-ci, la magie n'opère pas et je découvre à quel point il est difficile de s'ouvrir à l'appel du large quand on ne l'a pas choisi, quand on n'est pas venu ici pour cela. Je repense au magnifique crépuscule décrit sur la route du Brésil par Claude Lévi-Strauss. L'ethnologue se plaint de la monotonie et du temps qui semble si long à bord. Moi qui d'ordinaire peux passer des journées entières à contempler la cime des vagues, me voici comme un lion en cage. Comme si la liberté ne venait plus de ce grand espace vierge de toute humanité mais de ma vitesse. »

Se terminent ainsi ces lignes écrites durant la traversée. Je pensais réaliser un voyage métaphysique, il n'en avait rien été. J'avais dû aller au bout de moi-même pour franchir cet océan, mais sans parvenir à m'ouvrir à l'altérité cosmique envoûtante. J'étais demeuré recroquevillé sur moi-même, centré sur mon combat contre la déception et la frustration. Je ne m'étais pas élevé, resté en boucle à tourner autour de moi et de mon aigreur.

Cette expérience fut source d'inquiétude. Étais-je en train de voir faner la capacité à m'émerveiller du spectacle sans fin de l'océan ? Était-ce cela, vieillir ? Perdais-je mon regard d'enfant à l'aube de la quarantaine ?

Les navigations suivantes eurent le don de me rassurer. Cette déconnexion ratée du monde habité ou, plutôt, cette connexion ratée à l'océan et à l'Être tenait en fait à ma frustration de sportif et au deuil que je devais faire d'une course inaboutie. Un an plus tard, j'eus l'occasion de ramener mon bateau du Brésil dix jours après une arrivée de course. En général, après ce genre de traversée intense, on est épuisé et vide au point qu'un long séjour terrestre s'impose pour refaire le plein d'envie de large et d'océan. Aussi je partis pour 4 500 milles de navigation entre Salvador de Bahia et la Bretagne avec un sérieux handicap en capacité à s'ouvrir au monde. Pourtant, la connexion fut au rendez-vous. Le bleu turquoise des alizés d'hémisphère Sud qui pénétrait et enivrait ma rétine jusqu'à l'overdose, les dégradés de gris dans le pot au noir, nuages menaçants telles des enclumes au-dessus de notre tête, à nouveau suivis du bleu de l'alizé d'hémisphère Nord – moins pur, moins cristallin que son frère jumeau de l'autre côté de l'équateur –, et enfin le royaume du gris en retrouvant l'hiver et les dépressions de l'automne après l'archipel des Canaries... toutes ces couleurs m'emplissaient tant que je me sentais comme une plume flottant dans l'atmosphère, comme une particule en harmonie avec l'immensité qui m'entourait : la mer à perte de vue, les nuages au-dessus de moi, et l'air.

Alors, je fus rassuré. L'émerveillement de l'océan, le bonheur de voir surgir le monde même loin des hommes et de la terre ne m'avaient pas abandonné. Étrangement, je me sentis moins seul et mieux accompagné en ces eaux que, parfois, en société.

« Je me croyais solitaire parce que je ne concevais pas que l'on pût naviguer autrement que seul, et je réalise maintenant à quel point la solitude en mer possède des couleurs riches, parfois violentes, mais toujours chaudes, qui n'ont rien à voir avec cette espèce de grisaille, de vide total éprouvé par un gars sans copains, noyé dans une foule indifférente et toujours là pressée[1] », écrivait Bernard Moitessier. Je souscris à 100 %. Le monde du large est si riche qu'il arrive à effacer parfois la solitude dans l'intensité d'une rencontre : celle d'un coucher de soleil, d'un éclairage particulier sur les vagues, du train blanc de mon sillage.

1. Bernard Moitessier, *Cap Horn à la voile*, J'ai Lu, p. 31.

14

Le temps qui passe

« Il était d'une jeunesse minérale, divine, solaire. Chaque matin était pour lui un premier commencement, le commencement absolu de l'histoire du monde[1]. »

Michel Tournier

Sur un bateau de 18 mètres en carbone, poussé par des voiles puissantes et parfois surdimensionnées pour un marin seul, les principales épreuves ne sont pas l'effort physique, le chaud des latitudes équatoriales, le froid des latitudes australes, le manque du confort de la terre, non, l'écueil majeur est de réussir à s'apprivoiser et à apprivoiser le temps. La durée des voyages ouvre des espaces immenses de dialogue avec soi-même, un face-à-face infini qui exige d'être

1. Michel Tournier, *Vendredi ou les Limbes du Pacifique*, *op. cit.*, p. 262.

armé psychologiquement. Il faut domestiquer, dompter le temps qui passe tant la répétition des journées à naviguer, regarder l'océan, les voiles, peut sembler vertigineuse. Le temps change profondément de nature, de physionomie, de plasticité quand il n'est pas façonné par le rythme structurant des sociétés urbaines qui imposent une heure de lever, des horaires pour s'alimenter, une heure de coucher et, au milieu de ces règles, une succession de tâches à réaliser avec diligence, parfois au péril de sa santé. Une journée à terre relève du fourre-tout où il faut tout emmagasiner, telle la housse exiguë dans laquelle vous cherchez à faire entrer un sac de couchage trop volumineux : on bourre, on bourre, on finit par appuyer avec les pieds pour insérer la toile rétive. En la circonstance, il faut pousser dans l'espace-temps délimité d'une journée : le petit déjeuner des enfants, le sien, le trajet jusqu'à l'école, un espace familial à ranger, le transport pour se rendre au travail, une journée de labeur avec toujours plus de sollicitations, d'interactions, de connexions. Au large, rien de ces accumulations : au contraire, c'est le vide. Un vide qui apporte une plénitude. Plus de smartphone, plus de réseau, plus de contraintes sociales, aucune autre exigence que celle de faire avancer le bateau, d'écouter ses entrailles en carbone qui tapent sur les flots, de s'écouter et de vivre au rythme de la nature. Se fondre dans le temps de l'océan et du ciel, passer de la temporalité de la terre qui, à force de se répéter chaque matin, est inscrite jusque dans nos gènes, devient un défi, une exigence, mais aussi un chemin salutaire pour l'âme.

Au départ de mon premier tour du monde, j'étais effrayé par la perspective d'une si longue navigation. Trois mois de solitude, quatre océans à parcourir – l'Atlantique, l'Indien, le Pacifique et de nouveau l'Atlantique –, mon esprit se montrait incapable d'appréhender l'immensité et la globalité de ce qui m'attendait. Les trois mois devant moi paraissaient sans limites, comme un pacte scellé avec l'intemporel. Pour me rassurer, j'ai cédé à un réflexe bien terrien : numériser le temps afin d'entretenir l'illusion de me l'approprier. Il y avait cent jours, certes, mais vingt-cinq pour la descente de l'Atlantique. Avant de penser aux quarante jours dans les mers du Sud, je devais donc me concentrer sur ces vingt-cinq premiers jours et bien me mettre en tête que je réaliserais mon rêve de descendre chercher les mers australes. Je planifiais à tout-va. D'abord, voir ces contrées qui m'appelaient intensément la dernière fois où je m'étais arrêté au Brésil serait une grande victoire. Ensuite, une fois dans les quarantièmes rugissants, je passerais au deuxième tronçon du voyage : aller chercher le Graal, le cap Horn !

Une fois embarqué dans cette circumnavigation planétaire, j'ai compris que ce n'était pas en morcelant le temps que je parviendrais à l'amadouer, l'apprivoiser, qu'il était inutile de m'entêter à le quantifier ainsi. Le temps n'est pas une substance qui se modèle et se domestique, et il faut être habité par la folie démiurgique de l'homme des villes pour oser le croire. Au contraire, on doit se laisser aller avec bonheur dans son flot, telle une plume au vent, ne surtout pas lutter contre lui car il aurait forcément le dernier mot. Celles et ceux qui ne sont plus de ce monde sont bien placés pour le savoir : le combat est perdu d'avance. Mieux vaut accompagner le temps qui coule inexorablement et la marche de la nature.

Une fois en mer, j'ai vite perdu la notion spatiale et linéaire du temps qui est la nôtre à terre, avec le lundi qui précède le mardi, qui précède le mercredi, etc. Avec la pause déjeuner qui a succédé au thé du matin, remplacée par l'après-midi et enfin la soirée. Non, une fois embarqué dans le flux de la nature, le temps se fait cyclique. Chaque jour est la répétition du même, ou de la veille, et est une répétition générale de ce qui arrivera le lendemain et surviendra le surlendemain.

Chaque matin le soleil se lève à l'est, sur mon bâbord en descendant vers l'Antarctique. Sonne alors l'heure d'allumer le satellite du bord pour télécharger des informations météo. Je prends le petit déjeuner – un bol de céréales, toujours le même, avec une quantité de flocons d'avoine strictement conditionnée et quantifiée pour la durée du voyage –, assis face à mon ordinateur dont le logiciel de routage mouline l'infinité des routes possibles pour sortir des propositions de trajectoires optimales en fonction des variables que sont la vitesse du bateau et les conditions météorologiques rencontrées durant les prochains jours.

S'ensuit une série de tâches techniques et ménagères : ranger le bateau suite aux manœuvres de la nuit faites dans l'urgence et l'obscurité. Réaliser des contrôles à bord pour vérifier l'état de marche du destrier de carbone. Repli, après, sur la couchette, puisque le sommeil fractionné casse l'enchaînement très terrien et surtout très humain du jour et de la nuit, de la veille et du sommeil. Vient l'heure du déjeuner et, de nouveau, des siestes. Le tout entrecoupé de manœuvres pour adapter la voilure au vent, de modifications incessantes des réglages afin de faire accélérer le bateau ou d'assagir ses comportements. Et cela se poursuit la nuit, sans relâche pendant des jours et des jours.

Après l'avoir écrit à plusieurs reprises ici : je suis comme Robinson sur son île : « Les jours se superposaient, tous pareils, dans sa mémoire, et il avait le sentiment de recommencer chaque matin la journée de la veille[1]. » Vu de la terre, cette succession de retours de la même journée chaque matin peut donner l'impression, vertigineuse, d'un temps qui s'étire à n'en plus finir, d'un temps qui emprisonne dans une gangue de monotonie carcérale. Mais au large, il n'en est rien. Car je flotte dans le temps comme la feuille sur son torrent, comme la particule d'eau à la crête de la vague – comme l'archéologue danois Eigil Knuth parti en expédition au nord du Groenland, qui disait : « C'est un délice, sans dissonance aucune, le fruit d'une extrême liberté, soigneusement préparée : ni journaux, ni radio, ni télégrammes, ni lettres à lire ou à écrire, nulle présence humaine – rien pour perturber la sérénité qui envahit l'esprit. Seul à décider du lever, des occupations de la journée, seul maître

1. Michel Tournier, *Vendredi ou les Limbes du Pacifique*, *op. cit.*, p. 28.

à bord quand il faut démonter le camp, choisir le moment du départ, la durée du trajet journalier, la direction à prendre, [...] seul comme jamais on ne l'a été et ne le sera plus[1]. »

Ce nouveau rapport au temps, loin des agitations de la terre, n'est en rien synonyme de vide. Au contraire, même. Car il faut remplir le temps à bord, au risque de la déréliction et de la décadence personnelle. La solitude est bel et bien « un milieu corrosif qui agit sur moi lentement, mais sans relâche et dans un sens purement destructif[2] », comme l'écrit Robinson dans son journal de bord imaginé par Michel Tournier. Le temps qui passe est destructeur, lui qui conduit tout être vivant vers la fin, mais conduit aussi l'homme seul vers la folie. Pour y réchapper, changer sa façon de l'appréhender est une exigence. Ne plus le penser en flot continu qu'il faut quantifier et compartimenter, accepter de se laisser aller dans son flux, mettre son monde intérieur en harmonie avec l'extérieur s'imposent. C'est revenir à une forme plus primitive de son rapport à lui – et, en quelque sorte, échapper au jeu mortifère de la temporalité.

1. Eigil Knuth, *Indépendance. Ou la philosophie du voyage en traîneau*, *op. cit.*, p. 20.
2. Michel Tournier, *Vendredi ou les Limbes du Pacifique*, *op. cit.*, p. 56.

Peut-on imaginer le temps sans penser à la mort ou au vieillissement ? Au large, oui. Par opposition au temps linéaire, homogène et perpétuellement quantifié que nous connaissons au sol, le temps des primitifs et de l'aventurier en mer n'est pas quantitatif mais qualitatif, il ramène, suivant un ordre fixe, les mêmes moments successifs, les mêmes époques pour la tribu primitive. « Le temps mythique n'est pas un temps de dépérissement. Il conserve, au contraire, et il répète, assure Georges Gusdorf. Le propre du Grand Temps, dans lequel le temps humain se réinsère en fin de compte, est de sauvegarder la plénitude ontologique, en dépit des démentis de l'expérience[1]. » Heureux Robinson qui, malgré ses vingt-huit années de captivité sur son îlot désert, a conservé une jeunesse qui n'est pas « biologique, putrescible et portant en elle comme un élan vers la décrépitude ». L'aventurier échoué étant doté d'une jeunesse minérale, solaire, pour lui, le retour dans le monde civilisé serait comme replonger dans le flot du temps mortifère. « Plus encore que tout ce qui le séparait des hommes de ce navire, il y était poussé par son refus panique du tourbillon de temps, dégradant et mortel,

1. Georges Gusdorf, *Mythe et Métaphysique*, *op. cit.*, p. 121.

qu'ils sécrétaient autour d'eux et dans lequel ils vivaient[1]. »

Quand je reviens d'une longue traversée, toujours je me sens rajeuni. L'océan m'a purifié des excès de la terre. Passer plusieurs semaines à faire du sport le matin, l'après-midi, le soir, la nuit, à boire de l'eau et à ne m'alimenter qu'en nourriture déshydratée a des vertus insoupçonnées sur le corps. Mais ce rajeunissement organique est éphémère. Plus profond est le changement de dimension temporelle qu'opère le voyage loin des hommes.

Je me souviens des premiers regards échangés avec l'humanité au retour de ma première grande circumnavigation planétaire. Il s'était passé beaucoup de choses dans leurs vies et leurs mondes durant ces fameux cent trois jours de parenthèse océanique. Entre le départ donné un beau matin de novembre et ce retour en février, Donald Trump avait été élu à la Maison Blanche, François Fillon – qui avait l'élection à la présidence de la République virtuellement gagnée – avait sombré. Les terriens avaient aussi connu les jours qui raccourcissent, le solstice d'hiver,

1. Michel Tournier, *Vendredi ou les Limbes du Pacifique*, *op. cit.*, p. 262.

l'installation des décorations de Noël dans les rues et les magasins, les courses de décembre puis les festivités à n'en plus finir, suivies des soldes de janvier et des journées qui commencent enfin à rallonger. Des vies s'étaient éteintes. D'autres s'étaient allumées. Impossible d'imaginer tout ce qui s'était passé le long de cet immense serpentin du temps. Et moi ? Moi, je revenais non avec un temps linéaire laissé dans l'infinité de mon sillage mais nanti d'un bloc uniforme et compact de vie. Pour moi, il ne s'était pas passé grand-chose. Ou plutôt, si : j'avais fait le tour du monde, franchi le cap Horn, frôlé la mort, rencontré des globicéphales noirs en entrant dans l'océan Pacifique, navigué à 55 nœuds, vu les montagnes de Patagonie, dit comme jamais à ma femme à quel point je l'aimais. Des choses qui ne s'étendaient pas sur un ruban linéaire mais se condensaient en une parenthèse nébuleuse. Le temps de la terre s'était arrêté pour moi. J'avais connu celui, cyclique et primitif, de la grande marche en avant de l'univers. J'étais parti loin, très loin, et revenu changé à tout jamais.

15

Océans immaculés ?

« Nous sommes, ce jour, plus près du sinistre que le tocsin lui-même. »

René Char

Je n'aurais pas écrit ces lignes il y a dix ans, porté par ma passion romantique et aveugle de l'océan. Mais il n'est plus possible de raconter les grands espaces océaniques sans parler de leur maladie, du cancer souvent invisible qui les ronge. J'ai longtemps vécu dans une forme d'insouciance, comme persuadé de quitter le monde habité et ses pollutions pour naviguer, dans des régions immaculées, des grands espaces vierges de toute trace des folies de l'humanité. Car le large donne l'impression d'être vierge des méfaits de l'homme. La pollution est visible sur les côtes, sous forme de déchets qui s'amoncellent au bord des plages et à l'embouchure des fleuves. Mais une fois en mer, souvent plus rien. L'océan a ingéré les déchets, qui ont coulé et été dissous pour prendre la forme de pollutions chimiques et de micro-plastiques. S'il est commun de croiser un morceau de plastique au creux d'une vague, si j'ai souvent peur de taper un « OFNI », un objet flottant non identifié – une bille de bois ou un conteneur tombé d'un cargo au cours d'une tempête –, s'il m'arrive de récupérer des filets de pêche dans mes foils, ces événements ne permettent pas de dire que le large ressemble à une poubelle. Alors qu'il l'est !

Le mal se révèle beaucoup plus profond que ce que nous observons. Il est insidieux, invisible. Le train fou de la civilisation continue son chemin à toute vitesse vers un mur qui n'est plus très loin et avec lequel le grand choc semble inévitable. Et nous ne faisons rien – ou si peu – pour l'éviter. Michel Serres l'écrivait il y a trois décennies : « Nous pouvons ralentir les processus déjà lancés, légiférer pour consommer moins de combustibles fossiles, replanter en masse les forêts dévastées… toutes excellentes initiatives, mais qui se ramènent, au total, à la figure du vaisseau courant à vingt-cinq nœuds vers une barre rocheuse où immanquablement il se fracassera et sur la passerelle duquel l'officier de quart recommande à la machine de réduire la vitesse d'un dixième sans changer de direction[1]. » Le mal qui corrode, altère, détruit, pourrit les océans est le même que celui qui ronge notre planète, car tout est interdépendant, ici-bas. Tel un cancer qui métastase, les phénomènes se nourrissent les uns des autres et nous précipitent vers le désastre. Le cancer est global, il est cette nature souillée incapable d'absorber les rejets et les excès de nos sociétés. Les métastases sont l'augmentation des gaz à effet de serre, l'accroissement de la température des océans, la hausse du niveau de la mer, la saturation en dioxyde de carbone des eaux, le dérèglement climatique, l'accélération des pollutions plastiques, le dérèglement de la chaîne alimentaire, l'extinction de certaines espèces animales.

Alors que le cycle global du carbone était à peu près équilibré avant l'ère industrielle, le dioxyde de carbone atmosphérique a augmenté de 40 % au cours des deux derniers siècles. Un changement dix fois plus rapide que ceux constatés durant les derniers 65 millions d'années, donnée qui dépasse l'entendement. Penser à de telles dégradations me rappelle les moments où, sous le firmament étoilé, je réalise que les étoiles qui illuminent la voûte céleste sont à des millions

1. Michel Serres, *Le Contrat naturel*, *op. cit.*, p. 56.

d'années-lumière de moi et que je continue à les voir alors qu'elles n'existent plus depuis des siècles. Ne pas comprendre, ne pas voir les ravages de la pollution revient à croire que nous existons encore sans percevoir que c'est seulement pour nous-mêmes tant la source de notre existence est tarie et notre humanité inéluctablement en voie de s'éteindre. Des chiffres gigantesques à l'échelle du désastre qui nous guette.

L'océan joue un rôle de premier plan dans la composition de l'atmosphère en absorbant une part significative des dioxydes de carbone émis par les activités humaines. Il en absorbe un tiers, contribuant ainsi à ralentir le changement climatique. Mais de nombreuses études montrent que son rôle de puits de carbone naturel arrive à saturation et devrait perdre en efficacité. Voir ce tampon de nos excès se réduire entraîne une acidification des mers qui a des conséquences importantes sur les écosystèmes océaniques. Quant au réchauffement climatique, il induit une baisse du pouvoir régulateur de l'océan qui entraîne une accélération du réchauffement climatique. La machine infernale est lancée.

Les océans n'absorbent pas uniquement les dioxydes présents dans l'atmosphère, ils avalent aussi la chaleur, eux qui sont le plus grand réservoir de surplus de température injectée dans le système climatique par l'être humain. Or ce réchauffement des eaux océaniques a un impact direct sur la fonte des glaciers entourant le Groenland et l'Antarctique, ces deux réservoirs principaux d'eau stockée sur les continents. Le réchauffement climatique accélère la fonte des glaciers mais il contribue également à celle des plate-formes glaciaires qui prolongent la calotte antarctique sur l'océan.

Comment mettre fin à cela ? Sans doute en changeant radicalement notre rapport au monde. Moi-même, je plaide coupable. Je suis en effet acteur de ce désastre collectif lorsque je me trouve à terre, et spectateur impuissant une fois au large. Notre société vit dans une temporalité différente de celle de la nature, on l'a dit, pourtant elle va devoir s'y reconnecter si elle veut survivre. Retrouver la temporalité longue des cultures ancestrales, le temps du cosmos. Vivant dans le très court terme, nous avons tué le « temps », au sens du climat et des saisons, et le « temps » au sens de la longue marche de la nature et du monde. Une pollution industrielle et humaine met en péril le climat et les saisons, mais il en existe une autre, moins évidente, qui a tué les pensées de long terme, les héritages et les traditions, « ces pensées longues, ces gardiennes de la Terre, des hommes et des choses elles-mêmes[1] », comme les qualifiait Michel Serres. Quand on évoque aujourd'hui l'urgence de se mobiliser, nous nous attaquons à une entreprise de long terme avec des moyens de court terme, proposant uniquement des réponses et solutions de terme court parce que nous vivons emprisonnés dans l'immédiateté. Les médias enferment l'humain dans la quotidienneté, les politiques se sont transformés en sapeurs-pompiers traitant les urgences sans vision, les réseaux sociaux et les technologies du commerce en ligne et de l'information participent à cette accélération générale du temps et à ce rapprochement du lendemain. Résultat : c'est la mort du futur, et notre société vit sans projet d'avenir, dans un présent mortifère.

Alors, que faisons-nous ? Nous nous achetons une bonne conscience de dernière minute en apparaissant comme les défenseurs de ce que nous avons contribué à détruire. « Ne vivant plus qu'à l'intérieur, [...] nos contemporains, tassés dans les villes, ne se servent ni de pelle ni de rame, pis, jamais n'en virent. Indifférents au climat, sauf pendant les vacances, où ils retrouvent, de façon arcadienne et pataude, le monde, ils polluent,

1. Michel Serres, *Le Contrat naturel*, *op. cit.*, p. 57.

naïfs, ce qu'ils ne connaissent pas, qui rarement les blesse et jamais ne les concerne [...]. Ceux qui, aujourd'hui, se partagent le pouvoir ont oublié une nature dont on pourrait dire qu'elle se venge mais qui, plutôt, se rappelle à nous [...]. Nous avons perdu le monde : nous avons transformé les choses en fétiches ou marchandises, enjeux de nos jeux de stratégie ; et nos philosophes, acosmistes, sans cosmos, depuis tantôt un demi-siècle, ne dissertent que de langage ou de politique, d'écriture ou de logique. Au moment même où physiquement nous agissons pour la première fois sur la Terre globale, et qu'elle réagit sans doute sur l'humanité globale, tragiquement nous la négligeons[1]. » Ces mots de Michel Serres, encore, nous avertissaient dès 1992 de cette déconnexion d'avec le vrai monde, celui de la nature. En avons-nous tiré enseignement, leçon ? Hélas, non.

Une autre métastase du cancer global qui ronge nos mers s'appelle le plastique.

Selon une étude scientifique de 2015[2], huit millions de tonnes de déchets sont rejetées dans les océans du globe chaque année. Un mal hélas

1. Michel Serres, *Le Contrat naturel, op. cit.*, p. 53-54.
2. Jambeck, Jenna R. *et al.* (2015), « Plastic waste inputs from land into the ocean », *Science*, 13 février, vol. 347, n° 6223.

quasiment invisible – la visibilité aide un peu à la prise de conscience – car sur les 5 milliards de morceaux de plastique flottant à la surface, plus de 90 % sont à l'état de microparticules[1]. Avec, dans certains océans, des quantités identiques à celles du zooplancton, ce qui signifie qu'un poisson y est susceptible de s'alimenter autant de cette saloperie que de sa nourriture habituelle et indispensable. Enfin, 80 % des déchets plastiques en mer sont d'origine terrestre.

Le mal de l'océan est donc bel et bien la terre, celui de la nature, de l'homme. Mais comment pouvons-nous lui infliger de tels sévices ? L'homme moderne est-il assez fou pour oublier qu'il n'est qu'un passager éphémère de ce monde fragile ?

Au large, j'éprouve cette grande schizophrénie du monde habité. Celui-ci nous déconnecte de la nature qu'il contribue à détruire, les hommes creusent leur propre tombe jour après jour, et moi, acteur docile, je prends conscience, loin de mes congénères, du péril qui nous guette mais me sens impuissant à faire quoi que ce soit de retour.

1. Eriksen et coll., « Plastic Pollution in the World's Oceans : More than 5 Trillion Plastic Pieces Weighing over 250,000 Tons Afloat at Sea », *Plos One*, 2014.

Pourquoi réagir ? Pour laisser un monde habitable à nos enfants. Soit. Mais nous devons agir aussi pour la nature elle-même, pour préserver sa beauté, nous investir au nom de ce qu'elle est, de l'amour que nous lui devons. Ne pas en prendre conscience ni bouger revient à laisser un être aimé mourir sous nos yeux, voire à nous laisser mourir nous-mêmes parce que nous ne survivrions pas à sa disparition. Je devrais me mobiliser pour les crépuscules magiques vécus au fil des milles, mon couchant d'éternité, pour les dépressions sauvages des mers du Sud, pour ces dégradés de bleu à la surface des océans que je traverse, pour ces nuances de gris, de bleu, de jaune, de rouge, de rose, de violet partout au-dessus de ma tête. À nous de révolutionner notre éthique planétaire. Des penseurs ont proposé que les droits et les devoirs ne s'appliquent pas uniquement aux femmes et aux hommes mais aussi à la Nature. J'y souscris. Aujourd'hui encore, les êtres dignes d'être respectés sont ceux capables de se donner des fins, des objectifs, et d'être, « par leurs représentations, causes de l'objet de ces représentations ». Ce sont elles, dit Kant dans les *Fondements de la métaphysique des mœurs*, qui sont « hors de prix », c'est-à-dire d'une valeur qui échappe à toute relativisation. Lorsque, au contraire, on a affaire à des choses qui constituent seulement des moyens, la moralité n'est pas requise : il n'y a rien qui ne soit catégorique et ne fasse l'objet d'une prescription universelle et nécessaire. Or c'est trop souvent sous cet angle qu'on aborde la préservation de la nature : elle est requise pour garantir la survie des générations futures. Ce ne serait donc pas en elle-même que la nature serait digne d'être respectée. C'est faux. Et il le faut. Au-delà de la survie de notre espèce, la majesté des manifestations de la Terre, sa beauté méritent notre respect. Face à cette vulnérabilité, Hans Jonas appelle à un « nouveau type de l'agir humain » qui ne prenne pas en considération uniquement le seul intérêt de l'homme, à une éthique qui trouve son fondement dans le bien humain mais aussi dans celui des choses extra-humaines. « Un appel muet qu'on préserve son intégrité semble émaner de la plénitude du monde de la vie, là où elle est menacée. Devons-nous l'entendre, devons-nous reconnaître la légitimité de sa prétention, sanctionnée par la nature des choses ou devons-nous y voir simplement un sentiment de notre part, auquel nous pouvons céder quand nous le voulons et dans la mesure où nous pouvons nous le permettre[1] ? » La vie ne sera à l'avenir possible qu'au

1. Hans Jonas, *Le Principe responsabilité : une éthique pour la civilisation technologique*, Cerf, 1995 p. 24-27.

prix d'une révolution profonde et de l'adhésion à une éthique de la Terre. Cette éthique devrait être amour de la nature comme en d'autres temps il y eut l'amour de la nation érigé en valeur cardinale. Michel Serres en appelle, lui, à passer un contrat avec la nature. De même que la guerre « de tous contre tous » chez Hobbes a cessé avec un contrat et l'émergence du droit naturel, la guerre contemporaine de tous contre tout ne cessera qu'avec un nouveau contrat scellé cette fois-ci avec notre hôte qu'est le monde. « La puissance globale de nos nouveaux outils nous donne aujourd'hui la Terre comme partenaire, que nous informons sans cesse par nos mouvements et nos énergies, et qui nous informe, par énergies et mouvements, de son changement global en retour, écrit le philosophe. [...] Nous vivons contractuellement avec la Terre, depuis récemment. Comme si nous devenions son soleil ou son satellite, comme si elle devenait notre satellite ou notre soleil[1]. » Le verdict est sans appel : « Voici la bifurcation de l'histoire : ou la mort ou la symbiose[2]. »

Pour écrire ces lignes, j'ai regardé ma bibliothèque de La Trinité-sur-Mer. Des étagères où

1. Michel Serres, *Le Contrat naturel*, *op. cit.*, p. 170-171.
2. *Ibid.*, p. 61.

se trouvent les livres de philosophie de ma jeunesse, ceux qui ont fait monter en moi la sève métaphysique qui m'a fait prendre le large. Et j'ai eu bonheur à retrouver un écrit d'Emerson, texte fondateur de la pensée écologiste qui nous invite à ne pas oublier la présence immanente de Dieu dans la perfection contemplée autour de nous et que nous n'avons pas le droit d'oublier. Saurons-nous écouter cet appel ? « Dans les bois se trouve la jeunesse éternelle. Parmi ces plantations de Dieu règnent la grandeur et le sacré, une fête éternelle est apprêtée, et l'invité ne voit pas comment il pourrait s'en lasser en un millier d'années. Dans les bois, nous revenons à la raison et à la foi. Là, je sens que rien ne peut m'arriver dans la vie, ni disgrâce, ni calamité (mes yeux m'étant laissés) que la nature ne puisse réparer. Debout sur le sol nu, la tête baignée par l'air joyeux et soulevée dans l'espace infini, tous nos petits égoïsmes s'évanouissent. Je deviens une pupille transparente ; je ne suis rien, je vois tout ; les courants de l'Être universel circulent à travers moi ; je suis une partie ou une parcelle de Dieu. Le nom de l'ami le plus cher sonne alors comme étranger et fortuit : être frère ou ami, maître ou serviteur, apparaît comme un embarras et un détail sans valeur. Je suis l'amant de la beauté immortelle et sans entrave. Dans la nature sauvage, je trouve quelque chose de plus cher et de plus primordial que dans les rues ou dans les villages. À travers la tranquillité du paysage, et spécialement sur la ligne lointaine de l'horizon, l'homme contemple quelque chose d'aussi magnifique que sa propre nature[1]. » Être « l'amant de la beauté immortelle et sans entrave », voilà un exaltant projet pour toute vie de terrien.

1. Emerson, *Nature* (1836) ; *La Nature, op. cit.*, p. 14.

16

Une emmerde par jour

> « Réfléchir, c'est commencer à capituler. »
>
> Charles Péguy

La course au large est autant une aventure sur les océans qu'un voyage intérieur, c'est ce que je tente de dire ici, chapitre après chapitre. Là-bas, le combat se joue contre la nature hostile comme il se joue contre soi, le navigateur devant résister au travail de sape psychologique des flots qui testent la grandeur d'âme de celles et ceux qui les bravent. Dans cet affrontement, les forces sont déséquilibrées : l'océan peut disséminer les épreuves au fil des milles quand le marin, lui, ne doit compter que sur sa volonté. D'autant que le parcours au large se mue également en ascèse du fait des conditions qu'impose la mer aux navigateurs partis sur des bateaux en carbone. Sur les machines modernes à foils, ces ailerons qui lèvent l'avant, la vie est impossible. Le bateau étant soulagé de sa principale force de frottement – l'eau –, il avance beaucoup plus vite que ceux d'ancienne génération équipés de dérives. Si bien que le pont voit se déverser un torrent d'embruns permanents qui obligent à recouvrir les cockpits pour se protéger. Regarder l'étrave pour observer d'éventuels obstacles ou profiter de la vue du large devenant un doux rêve, l'avant est équipé de caméras censées remplacer nos yeux : pour rouler les voiles, observer leurs réglages et apercevoir de potentiels problèmes. Avec les foils, l'esquif de huit tonnes se comporte en oiseau marin qui aimerait voler mais dont les ailes ne seraient pas assez puissantes. Il accélère, décolle, plante dans une vague, s'arrête, puis repart de plus belle. Des chocs qui rendent compliquée la vie dans la cellule de cinq mètres carrés. Comme il est impossible de se tenir debout sous peine de finir écrasé contre une cloison, il faut vivre à quatre pattes comme un chien. La préparation du repas, accroupi devant le petit réchaud à gaz pour faire chauffer l'eau et la mettre dans le sachet de lyophilisé, se transforme en défi d'équilibriste. Et faire ses besoins en mission : tenir accroupi sur un seau en carbone, élément en perpétuel mouvement, et surtout être capable d'interrompre à tout moment l'opération afin de gérer une urgence – le croisement d'un cargo, une rafale de vent qui augmente la gîte, un souci technique, événements que l'océan a le don de faire survenir quand ce n'est pas le moment – devient épique.

La stratégie en course nous contraint souvent à suivre une route en avant du front d'une dépression. C'est le cas, par exemple, sur un tour du monde quand on vogue dans les mers du Sud. Les dépressions ayant une route d'ouest vers l'est comme nous, on doit caracoler dans du vent soutenu pour ne pas se laisser avaler par d'autres vents encore plus forts puis par des vents plus mous derrière le front, voire par une bascule brutale de vent qui transformerait l'océan en impraticable champ de bosses. Durant ces phases, pas grand-chose à faire à bord : il faut juste aller tout droit et accepter d'en prendre plein la figure, histoire de rester du bon côté du phénomène météorologique. Sortir du cockpit étant suicidaire, se tenir debout à l'abri quasiment impossible, rester assis très inconfortable, je demeure allongé des jours durant sur un matelas, comme si je gisais sur un lit d'hôpital, avec une cale au niveau des pieds et une ceinture de sécurité à la taille pour ne pas partir en avant lors des plantés dans les vagues. Dormir ? Inenvisageable. Alors, je laisse mon esprit voyager et parfois s'assoupir quelques secondes entre deux coups de butoir. Quant à l'humidité qui s'installe partout – dans le bateau, mes affaires, mon ciré –, elle est exécrable. Au bout d'un certain temps, des escarres peuvent même apparaître sur le postérieur et rendre insupportablement douloureuse la position assise. Une seule option : s'armer de talc et faire la chasse à l'humidité corporelle. Glauque et épuisant.

Une certaine résilience est vitale pour affronter ces désagréments multiples, mais la véritable épreuve n'est pas là : elle est dans le cycle infernal des ennuis mécaniques et la nécessité de devoir les affronter.

Avant mon premier tour du monde, le grand marin Michel Desjoyeaux m'avait prévenu : « Tu vas voir, le Vendée, c'est une emmerde par jour ! » Une descente de l'Atlantique sans encombre m'avait brièvement bercé d'illusion et laissé imaginer que j'échapperais à cette fatalité. Évidemment, il n'en fut rien. L'arrivée dans les mers du Sud marqua la fin de la clémence, le début des moments éprouvants, de l'usure.

Après quarante jours de course, en plein océan Indien, un coup de vent déchira ma grand-voile. Une avarie que je découvris au petit matin et qui me plongea dans un état de grande prostration. Convaincu d'être incapable de réparer, je n'avais pourtant pas d'autre choix que de réussir. Mais j'hésitai, tergiversai, constatant à quel point la solitude n'est en rien naturelle chez l'homme. Durant des dizaines de minutes, je remis la tâche à plus tard, me berçant de l'illusion qu'un hélicoptère se ferait entendre et que mon équipe débarquerait pour me prêter main-forte. Un mirage, un espoir vite déçu et même impossible à concrétiser puisque je naviguais hors de portée du moindre secours aérien, à plus de mille milles nautiques de toute terre. Cette attente irrationnelle était un résidu de mon imaginaire de terrien, habitué à demander et obtenir de l'aide dès qu'un problème survient. Pierre Loti décrivait cette rémanence des sociétés civilisées, grégaires, lorsqu'il courait les déserts. « Alors, on sent bien ne pas être tout à fait des hommes de la tente, malgré le charme de la vie nomade par les belles journées de soleil ; l'homme des maisons de pierre, qui s'est formé au fond de nous-mêmes par des atavismes si longs, s'angoisse vaguement de ne pas avoir de toit, pas de murs, et de savoir qu'il n'y en a nulle part alentour, dans ce désert assombri dont l'étendue fait peur[1] », écrivait-il.

1. Pierre Loti, *Le Désert*, *op. cit.*, p. 46.

La vie au cœur du monde habité nous met rarement à l'épreuve. Toujours existe la possibilité de solliciter de l'aide ou de renoncer. Là où j'étais, je n'avais d'autre choix que de réussir. Mais un blocage me freinait, empêchait de me lancer à corps perdu dans cette réparation. Comme si mon conditionnement d'être social refaisait surface en ces instants d'épreuve et de grande fatigue psychologique ! Et puis, enfin je me décidai. Et naviguai plus de deux jours à voilure réduite pour aller me mettre à l'abri dans un anticyclone. Où je pus parer ces difficultés techniques dans des conditions maniables de navigation.

La victoire et le soulagement furent, hélas, de courte durée. À peine l'épreuve assumée et dépassée, l'océan ne fit guère attendre la suivante. Elle arriva en cadeau maudit, le jour de Noël. Ce 25 décembre-là, évoluant au sud de l'Australie, je ralentis pour laisser passer une dépression australe et des vents de 70 nœuds balayant le sud de la Nouvelle-Zélande. Mais, en enroulant une grande voile d'avant de plus de 300 mètres carrés, je me rendis compte qu'elle était coincée en haut du mât. Conclusion : j'allais devoir gravir mon espar de 29 mètres afin de la libérer. Or – ce que nous craignons le plus finissant toujours par arriver –, ma frayeur depuis le début était de devoir escalader ce mât. Et ce parce que je souffre d'un vertige quasi pathologique : un dîner en terrasse au troisième étage d'un immeuble et je me sens mal ; une ascension de montagne sur un télésiège et je deviens liquide. Mais là, aucune autre solution : je m'engageai donc dans l'ascension après avoir prévenu l'équipe à terre et la direction de course. Avec le recul, cette dernière précaution me semble sacrément illusoire : s'il m'était arrivé quelque chose comme rester coincé en haut, un concurrent de la course aurait certes été dérouté sur ma position mais il aurait mis vingt-quatre heures à me rejoindre et aurait été tout aussi impuissant, lui, seul sur son voilier de 60 pieds bien qu'à proximité du mien ! Autant un équipage aurait pu envoyer un homme me prêter assistance, autant un navigateur solitaire aurait été complètement démuni. Quant à un secours venant de terre, il aurait eu besoin de trois ou quatre jours. En haut d'un mât de 30 mètres oscillant au rythme des vagues du large, à 800 milles au sud de l'Australie, tenu à la vie par une drisse de 8 millimètres de diamètre et un petit ustensile d'escalade attaché au baudrier, la solitude était donc, comment dire, absolue.

J'ai mis deux heures et demie pour monter, décrocher la voile et descendre. Quand mes pieds retouchèrent enfin le pont, j'avais le corps perclus d'hématomes : la houle et les mouvements de balancier du bateau m'avaient fait lâcher prise plusieurs fois et même éloigné du mât, sur lequel j'avais ensuite été projeté avec violence. Pour autant, là-haut, je n'avais rien senti, gagné par un sentiment d'invulnérabilité. Qui ne me quittait pas, redescendu. Et pour cause : nous étions le jour de Noël, soit peu ou prou à la moitié du temps que je devais passer sur l'eau, géographiquement proche de l'anti-méridien – donc du retour – et à mi-chemin entre la ligne de départ et celle d'arrivée, et je venais de réussir l'entreprise la plus difficile que j'aurais à réaliser durant ce tour du monde : débloquer la voile et surtout vaincre ma peur. À l'instant précis où mes pieds atteignirent le pont, l'invincibilité se renforça et je sus qu'un jour je franchirais la ligne d'arrivée du Vendée Globe aux Sables d'Olonne.

Malgré les difficultés qui s'amoncelleraient, malgré les épreuves, les grains, le vent, le Horn, les larmes qui couleraient encore, mon destin était bel et bien de réussir. Pour la première fois, mon esprit embrassait l'envergure de l'aventure, la totalité de la route à parcourir dans son immensité.

Au large, l'océan me contraint à réussir chaque jour des choses que je ne suis pourtant pas capable de faire. Et c'est, je crois, ce que j'aime le plus dans l'exercice de la course en solitaire. Lorsque l'homme de mots se transforme en mécanicien, lorsque l'ancien journaliste devient capable de modifier la configuration informatique de son bateau, se découvre apte à réparer une pièce du bord ou à se réparer lui-même en puisant dans la trousse à pharmacie. Quand l'être humain est à terre, dans la vie de tous les jours, il a un plan B ou la possibilité de demander de l'aide face à une épreuve qui le dépasse. Or avoir un plan B fait souvent échouer le plan A. Loin de la terre et des hommes, pas de plan B : le marin est condamné à réussir, à se dépasser. Rater n'est une option que sous peine d'accepter de mourir, de casser son bateau ou d'abandonner la course. Au large, aucune échappatoire, le combat est inéluctable et l'échec inenvisageable.

17

Si près de l'autre rive

« La mort de l'eau est plus songeuse que la mort de la terre : la peine de l'eau est infinie. »

Gaston Bachelard

Ce jour-là, j'ai entrebâillé la porte des ténèbres.

Décembre 2015. Ma première traversée de l'Atlantique en solitaire sur un Imoca, entre l'île de Saint-Barthélemy dans les Caraïbes et Port-la-Forêt en Bretagne-Sud. Je viens d'écoper d'un coup de vent avec des rafales à 45 nœuds et me trouve au nord de l'archipel des Açores. À 1 000 milles de la maison, l'un de mes safrans ayant été détruit dans la tempête je suis contraint de naviguer à plat. Et ce depuis trois jours, sous peine de décrocher et de voir mon bateau se coucher sur l'eau. Un front vient de passer sur ma zone de navigation, la mer est désordonnée mais le vent s'est calmé. Je me sens sans doute à l'abri d'une quelconque menace, gonflé par la proximité de la Bretagne et rassuré de voir cette nouvelle dépression franchie, et suis sorti sur le pont pour une brève intervention. Sans avoir eu la prudence de m'attacher puisque l'excursion hors du cockpit ne doit pas excéder quelques instants. Mais, à ce moment même, le bateau fait une embardée sur une vague et se couche sur l'eau.

Se coucher, ici, n'a rien de romantique ni d'anodin : l'Imoca est à la verticale, lesté par le matériel stocké d'un côté et surtout par sa quille de 4 500 kilos qui pendule d'un côté à l'autre et qui, là, se trouve du mauvais côté.

Lorsque l'amorce du chavirage survient, je vois le pont se dérober sous mes pieds et se transformer en un mur le long duquel je chute. En dessous : l'océan. Je tombe à l'eau, lourd, embarrassé. Par chance je parviens à m'accrocher aux filières et à les enjamber pour me retrouver du bon côté. Si le bateau s'était redressé quelques instants plus tôt et que je n'avais pas saisi ce cordage qui fait office de garde-corps, c'en était fini de moi !

Revenu sur le pont – le bateau s'est redressé –, je rampe, épuisé et trempé vers l'arrière, où je me laisse tomber au fond du cockpit. Tremblant. Effaré. Et là, je m'agenouille contre la colonne de winch pour prier et dire merci !

Ce geste d'une grande lâcheté – remercier le Seigneur ou L'implorer quand on ne s'adresse jamais à Lui et que l'on ne met jamais les pieds dans une église –, je le fais, le sel de l'océan encore à la commissure des lèvres, les cheveux trempés et les tempes battant au rythme de mon cœur.

Nous étions le 8 décembre 2015. Ce jour qui aurait pu être inscrit sur un acte d'état civil ou sur une pierre tombale comme la conclusion du livre de ma vie, l'eau était à 10 degrés.

Combien de temps aurais-je survécu si je n'avais pu m'accrocher ? Trois minutes ? Cinq minutes ? Sans doute moins. Les secouristes, qui viennent au départ des courses, expliquent que la décharge émotionnelle de passer par-dessus bord et le fait de voir le bateau poursuivre sa route, ajoutés à l'eau froide, ont en fait raison du marin en quelques instants. À quelques secondes ou centimètres près – dans ces cas-là l'espace et le temps ne font qu'un –, je serais donc mort sans que personne sache pourquoi ni comment, dans l'anonymat d'une mer hachée de décembre, après le passage d'un front, au large des Açores. Comme mon bateau était lent et qu'il avait perdu son safran tribord, personne ne se serait inquiété de ma vitesse ni ne se serait rendu compte avant des heures et des heures qu'il poursuivait sans skipper. J'aurais même eu largement le temps de mourir une centaine de fois avant que quiconque ne s'interroge. Les secours auraient fini par être alertés par l'équipe à terre, un avion aurait survolé mon Imoca, sans résultat encore. Puis un autre bateau aurait été envoyé. Mon équipe et ma famille auraient croisé les doigts et entretenu le mince espoir que je sois dans ma cabine, gisant inconscient, mais le verdict serait tombé. Personne à bord. Et, n'ayant pas de gilet de sauvetage, mon corps n'aurait jamais été retrouvé. Ce qui n'a rien du détail puisque mon décès, du coup, aurait mis un an à être juridiquement et administrativement enregistré, avec la mention : « porté disparu ». Et Charlotte aurait dû vivre une année sans recevoir le moindre centime d'assurance. Il faut mettre son gilet de sauvetage, les formateurs le répètent. Pas forcément pour survivre dans l'eau, même si l'espoir peut arracher quelques minutes aux ténèbres, mais au moins pour nos veuves et nos orphelins.

À quelques secondes ou centimètres près, l'issue aurait été autre. La vie ou le néant ? J'ai vécu, mais la suite aurait pu être différente. L'épaisseur infime d'une feuille de papier sépare ces deux voies. Charlotte était sortie faire les courses de Noël. Je l'avais eue en ligne quelques heures plus tôt. En ce moment même, le monde poursuivait son chemin dans une totale indifférence. Des familles allaient admirer les vitrines de Noël boulevard Haussmann à Paris ; Joséphine, Louise et Garance jouaient dans leur chambre à Levallois ; d'autres arpentaient les marchés ; tout un chacun avait l'esprit à la fête et moi je venais de mourir. Le monde devrait retenir son souffle, la Création se mettre en quatre et déclencher un miracle pour me sauver, mais la nature poursuivait sa marche indifférente tandis que j'étais ballotté de vague en vague tel un tonneau tombé d'un navire de commerce.

Ma mort est pour moi la fin du monde, de l'histoire, des temps, mais pour les autres qui continuent, elle se résume à « un imperceptible fait divers et [à] une disparition indifférente qui ne troublent en rien l'ordre général, n'interrompt en rien le cours normal des choses, comme le disait Jankélévitch. [...] la place rendue vacante dans la plénitude universelle est aussitôt comblée ; demain matin, le facteur apportera le courrier à l'heure habituelle ; nous mourons, mais la séance continue ; cinq minutes après l'accident, l'attroupement s'est déjà dispersé et la circulation [...] a repris normalement son cours sur le boulevard[1] ».

1. Vladimir Jankélévitch, *La Mort*, Flammarion, coll. « Champs Essais », 2008, p. 24.

L'océan que j'aime tant n'a cure de ceux qui s'y noient ; lui-même, malgré ma passion, me fait régulièrement boire la tasse. La fin est proche, certaine en tout cas. Et j'imagine la douleur de Charlotte et de mes enfants quand ils apprendront la nouvelle. Mes grelottements se mêlent à des sanglots de désespoir.

On se demande ce que cela fait de mourir. « Vous tous, innombrables, qui êtes morts avant moi, aidez-moi ! », se lamente le roi mourant d'Eugène Ionesco. Cette pensée évanescente est souvent chassée par une autre. Mais, cette fois, posons-nous, osons l'affronter, et imaginons que j'y vais tout droit.

Alors tout s'éclaire. « Ce que nous connaissions du bout de la pensée, voici que nous le comprenons avec l'âme tout entière, ou mieux avec la vie tout entière[1] », énonce Vladimir Jankélévitch pour décrire la soudaine clairvoyance de la pensée au dernier instant de vie. On m'a souvent assuré que la mort par noyade est euphorisante et sans souffrance. Mais qu'en sait-on ? Par quelle folie peut-on imaginer que le naufragé qui regarde son bateau disparaître et reste dans son sillage, dans une eau froide, va connaître un moment

1. *Ibid.*, p. 17.

euphorisant ? « Et puis, on ne souffre pas, en sont-ils sûrs ? Qui le leur a dit ? Conte-t-on que jamais une tête coupée se soit dressée sanglante au bord du panier, et qu'elle ait crié au peuple : Cela ne fait pas de mal[1] ! », hurle le condamné à mort à quelques heures de l'échafaud, à qui on a annoncé une mort brutale et instantanée, sans douleur. Les médecins et les secouristes que j'ai pu lire s'accordent sur le scénario, soit, mais personne ne l'a éprouvé et *a fortiori* raconté pour l'avoir vécu.

La panique s'empare de moi. Des images défilent à la vitesse de l'éclair. Elles sont pour Charlotte et mes filles. Quels mots pour dire ce qui me traverse l'esprit ? Je l'ignore. Les termes manquent à de si terribles émotions. « Ô ma pauvre petite fille ! Encore six heures ; et je serai mort ! Je serai quelque chose d'immonde qui traînera sur la table froide des amphithéâtres ; une tête qu'on moulera d'un côté, un tronc qu'on disséquera de l'autre ; puis de tout ce qui restera, on en mettra plein une bière, et le tout ira à Clamart[2] », écrit le condamné. Devrais-je penser : « Ô mes pauvres filles, encore trois minutes et je serai mort. Je serai ballotté par les flots,

1. Victor Hugo, *Le Dernier Jour d'un condamné*, édition de Roger Borderie, coll. « Folio Classique », p. 119.
2. *Ibid.*, p. 101.

nageant entre deux eaux tel un déchet charrié par les courants. Avec le froid de la mer, mes bras engourdis sont de plus en plus maladroits et ma tête se rapproche dangereusement du niveau de l'eau. Des vagues me font boire la tasse. Première agonie du condamné. Voyez-vous, mes aimées, la mort n'est plus un sujet de dissertation de philosophie, une pensée fugace sur ma disparition éventuelle, vécue comme impossible et inimaginable, un chapitre de livre à décrire. Car la voici, celle qui avait été pour moi une tragédie qui touchait les autres et qui me toucherait un jour ou l'autre, mais plutôt l'autre. Cette fois-ci, le glas sonne. Aujourd'hui, pas d'échappatoire, c'est bien de moi qu'il s'agit, moi que la Camarde appelle par mon prénom. À moi d'affronter la grande faucheuse les yeux dans les yeux, de ne plus remettre cette échéance à plus tard. À moi de prendre conscience que je vais mourir, qu'à quelques battements de cœur près, si la mort se conjugue encore au futur, c'est bientôt fini. Et que le "je" ne se servira plus jamais, remplacé par ce "il" de la troisième personne pour celles et ceux que je laisse et dont j'emplirai quelque temps les souvenirs. »

À ce stade, les sauveteurs parlent d'« aqua stress ». Moi, je ressemble à Eugénie poussée à l'eau par sa mère, l'héroïne balzacienne Mme d'Arneuse, qui la déteste. « En cet endroit le rivage formait un talus, le long duquel Eugénie roula jusque dans les flots, après avoir essayé à plusieurs reprises de se retenir aux pierres, au sable, aux bruyères qu'elle entraîna avec elle. On la vit lutter contre la mort, élever les mains au-dessus de sa tête déjà disparue, et bientôt elle ne laissa plus d'autres traces d'elle-même que l'écho du bruissement fatal et un tournoiement bien vite effacé, mais répété par de longs cercles dans le lointain des eaux[1]. » Première marche d'une fin inéluctable et rapide.

Lorsque l'eau est froide comme c'était le cas durant cet accident, des phénomènes corporels tentent d'abord de placer le corps en mode survie – les vaisseaux sanguins périphériques se contractent et le sang afflue vers le cœur, une quantité importante de cortisol est libérée pour apporter de l'énergie, etc. –, puis, les pulsations augmentent pour atteindre 160 battements par minute, la respiration s'accélère, les muscles subissent des spasmes et empêchent toute nage. S'ensuit une suffocation associée à un autre réflexe de survie consistant à battre des bras et des jambes de façon désordonnée,

1. Honoré de Balzac, *Wann-Chlore*, t. II, Hachette Livre-BNF, 2013, p. 10.

phénomène que les médecins appellent le *cold shock*, qui dure quelques dizaines de secondes et qui, sans gilet de sauvetage, entraîne une noyade d'emblée.

Mais ma solide condition physique et l'énergie du désespoir me permettent de prolonger cette agonie. Telle une bête traquée, je joue mes dernières forces dans un combat perdu d'avance contre l'immensité liquide qui m'engloutit. Dans quelques instants, l'impensable se réalisera. Et je suis seul pour l'affronter. « Celui qui va mourir meurt seul, affronte seul cette mort personnelle que chacun doit mourir pour son propre compte, accomplit seul le pas solitaire que personne ne peut faire à notre place et que chacun, le moment venu, fera pour soi singulièrement[1]. »

Tandis que je retiens mon souffle avec l'énergie du désespoir, la mer veut entrer inexorablement dans mes poumons, tel un bateau qui coule sous l'effet d'une voie d'eau. Mes organes centraux luttent contre leur refroidissement, mes besoins en oxygène augmentent, alors qu'il est de plus en plus difficile de respirer à cause des vagues. Mes réflexes de déglutition sont encore intacts : l'eau qui m'immerge régulièrement coule dans mon estomac et me donne des nausées. Mes gestes

1. Vladimir Jankélévitch, *La Mort, op. cit.*, p. 28.

sont de plus en plus désordonnés : je commence à couler. Un réflexe me fait bloquer ma respiration quelques secondes, puis de l'eau entre dans mes poumons. Cette fois, je coule vraiment. Une vive douleur à la poitrine laisse rapidement la place à un sentiment de sérénité et de calme, que les médecins associent à la privation d'oxygène. Des dizaines de secondes d'atroces souffrances pour en arriver à ce bref instant de béatitude ? Un spasme se produit sur mes cordes vocales, ultime réflexe qui s'éternise à peine. L'arrêt respiratoire est alors complet. Et je sombre par 1 500 mètres de fond.

Mais ma mort n'est encore qu'apparente car mon cœur persiste à battre pendant quatre à dix minutes. C'est ensuite que l'organisme s'arrête à tout jamais.

Maintenant, décédé, je ne suis plus qu'un fagot ballotté par les courants des profondeurs, digéré par cet océan qui m'a tant comblé à sa surface et qui, aujourd'hui, m'appelle à lui. Combien de temps vais-je garder une apparence humaine ? Je ne sais. Des scientifiques ont prouvé qu'une dépouille immergée peut disparaître en quelques jours, proche du rivage, grâce au travail de petits crustacés appelées amphipodes, frères aquatiques des vers, mais qu'à grande profondeur, comme au large des Açores, elle mettrait jusqu'à quatre-vingt-dix jours pour se dégrader.

Durant une heure, sur le pont du bateau poursuivant sa route vers la Bretagne, je me suis demandé où j'en serais à cet instant si ces cinq secondes avaient basculé du mauvais côté. Après une heure de cogitation et hypothèses, il n'y avait pas de doute en moi : j'aurais été mort. La vision de mon agonie aquatique s'estompa et je pus envisager de poursuivre la navigation, de continuer à avancer dans le monde des vivants. Comme si la frontière entre ces deux chemins avait été si étroite qu'il y avait eu un moment douloureux de coexistence entre les trajectoires – la fin de ma vie et sa poursuite. Entre les ténèbres et la lumière, je m'étais retrouvé comme le condamné de Hugo, cerné par l'omniprésence de sa propre mort. « Quoi que je fasse, elle est toujours là, cette pensée infernale, comme un spectre de plomb à mes côtés, seule et jalouse, chassant toute distraction, face à face avec moi misérable, et me secouant de ses deux mains de glace quand je veux détourner la tête ou fermer les yeux. Elle glisse sous toutes les formes où mon esprit voudrait la fuir, se mêle comme un refrain horrible à toutes les paroles qu'on m'adresse, se colle avec moi aux grilles hideuses de mon cachot ; m'obsède éveillé, épie mon sommeil convulsif, et reparaît dans mes rêves sous la forme d'un couteau[1]. »

Depuis, une autre énergie me gagne. Sortir du pire, échapper à la fin rend vivant comme jamais. Je suis le prince André en pleine bataille de Borodino, qui voit l'obus arriver à lui. Est-ce la mort ? s'interroge-t-il en regardant le projectile fuser, imminence du trépas qui le fait, pour la première fois, s'intéresser au monde qui l'entoure, aux herbes qui frémissent, à l'air qu'il respire. Pour la première fois aussi se sentir absolument vivant. Faut-il flirter avec l'ultime instant pour s'éprouver en vie ? En tout cas, personnellement, je suis comme jamais je n'ai été. Bouillonne chaque centilitre de sang, existe chaque nanoparticule d'air qui entre dans mes poumons et en sort.

Agenouillé, le front contre ma colonne de winch, conscient du sursis obtenu – accordé ? –, humant chaque atome qui me fait comprendre avoir échappé au pire, je reste prostré un long moment. Comme si j'évoluais à la frontière des deux mondes, celui des vivants et des morts, à la tangence des deux scénarios qui se sont joués à quelques centimètres et secondes près – moi en vie, debout sur le pont de mon bateau, ou moi en

1. Victor Hugo, *Le Dernier Jour d'un condamné*, *op. cit.*, p. 40.

train de mourir, lâché inexorablement dans son sillage –, ma tête penche alors que mon corps a décidé. Puis la vie a repris place à bord.

Il est étonnant de vivre comme un scandale la chose la plus naturelle et communément partagée. La mort est sans cesse présente dans l'existence d'un marin. On connaît le destin de ceux qui ont disparu, la nécessité de se protéger qu'exige en dogme notre monde de plus en plus gouverné par les compagnies d'assurances. De fait, mon premier tour du monde, je l'avais préparé en souscrivant à toute une série de contrats : assurance homme clé pour fermer mon entreprise et gérer la liquidation des dernières factures au cas où, rente éducation pour les enfants si…, assurance du prêt contracté à la banque pour l'achat du bateau, on ne sait jamais, capital décès en faveur de Charlotte parce que, quand même. Kafka avait pris la barre. L'égoïsme suprême aurait été de laisser celles que j'aimais, en disparaissant ce 8 décembre 2015 dans les eaux de l'Atlantique, se débattre avec leur chagrin et cette marée administrative. Impensable et impossible.

Hormis cet accident, piqûre de rappel, en mer je ne pense jamais à la mort. Sans doute parce que, au large, la dilatation de l'âme m'en détourne. Spinoza n'écrit-il pas : « L'homme libre ne pense à rien moins qu'à la mort et sa sagesse est méditation non de la mort mais de la vie[1] » ? Cette mésaventure était néanmoins un mal nécessaire. Le prix à payer pour redoubler de prudence et réaliser que le risque est consubstantiel à l'aventure.

Un danger duquel serait exclu tout risque de disparaître ne serait pas un véritable danger, une aventure de laquelle on serait certain de sortir vivant ne serait pas une véritable aventure : l'aventure n'est aventure que parce qu'à son extrémité s'inscrit l'éventualité létale. L'aventure autour du monde sur les océans n'est pas à 100 % aventureuse si l'on sait qu'un bateau ou un hélicoptère peut venir secourir à chaque instant, qu'une main amie se tendra pour nous arracher des abysses qui menacent de nous engloutir. Sans mort, il n'y a pas de courage. « La mort est le sérieux en tout sacrifice, l'enjeu de tout aléa, le grain de sel de toute aventure, estimait Jankélévitch. La souffrance elle-même ne nous fait souffrir que par la dose souvent à peine perceptible de mort, par la dose de mort infinitésimale et pour ainsi dire homéopathique qu'elle contient[2]. »

1. Spinoza, *Éthique*, IV, LXVII.
2. Vladimir Jankélévitch, *La Mort*, *op. cit.*, p. 229.

18

L'appel des cimes

« Errer dans les montagnes sauvages
est une voie de libération. »

Milarépa

J'ai longtemps pensé que le bonheur le plus fort, voire le plus pur, était celui vécu en solitaire. Avec l'émotion face au coucher de soleil, la contemplation du bleu turquoise dans les alizés ou du gris uniforme et terrible des mers du Sud comme j'ai voulu ici vous les faire partager. Mais alors, pourquoi partir avec un appareil photo ? Pour quelle raison immortaliser ces moments de solitude ?

Au fil des années, au gré de ces multiples instants de plénitude solitaire, je suis arrivé à la conclusion qu'il n'est de bonheur que partagé. Celui éprouvé au large ne vaut que rapporté aux siens, à terre, que communiqué, qu'il s'agisse de l'instantanéité d'une transmission satellite ou, des semaines plus tard, évoqué entre navigateurs dans un bar ou raconté en famille en feuilletant un album de photos.

« Le bonheur n'est vrai que quand il est partagé[1] », professait Christopher McCandless, héros de la biographie de Jon Krakauer qui lui est consacrée, puis du film *Into the Wild* que Sean Penn réalisa en 2007. En juillet 1990, ce personnage décide de quitter sa vie citadine pour sauver son âme et renaître dans la taïga du Grand Nord. Alors il quitte Atlanta, vit deux ans sur les routes tel un nomade et meurt au cœur de la nature, dans un bus qui lui servait de cabane, à quelques kilomètres seulement d'un abri du parc national où il avait élu domicile, donc à quelques encablures du salut. « Le bonheur n'est vrai que quand il est partagé » fut sa dernière pensée, retrouvée dans son journal. Non pas l'aveu d'un échec au seuil de la mort mais la confession de ce qui était ancré en lui au départ même de son projet : se trouver un objectif, le réaliser avant de revenir vers les siens et le monde qu'il avait quitté.

La force du bonheur partagé m'a été confirmée lors d'un voyage en Équateur, déconnexion

1. Jon Krakauer, *Into the Wild*, 10/18, 2008, p. 263.

avec les miens avant mon grand départ autour du monde, moments loin de tout qui donnent à la famille une consistance ontologique : l'impression de n'être qu'un, si proches, ensemble.

À une centaine de kilomètres au nord-est de la capitale Quito, dans la province Imbabura, se trouve la vallée Zuleta. Un paradis qui n'a rien d'évident puisque, pour y arriver, il faut rouler des kilomètres et des kilomètres sur une route tortueuse bordée de déchets. Nous étions loin de humer les parfums de la nature luxuriante à laquelle les ancêtres vouaient un culte, étouffés par les fumées de diesel des bus et des camions. Le paysage du trajet ne valait pas mieux : des vallées ravagées par une urbanisation désordonnée, la prolifération de gravats, poubelles, sacs, bouteilles qui rappellent à quel point l'écologie est un sujet de pays riches. Mais une fois passées ces régions désolantes, nous arrivâmes dans un havre de paix.

La vallée, nous l'avons parcourue à dos de cheval. Dans un panorama à couper le souffle, dont le seul point commun avec l'océan était les champs de blé caressés par les rafales de vent qui les font onduler telles des vagues. Tous nos sens étaient sollicités. Les collines de verdure, le bleu cristallin du ciel à 3 000 mètres d'altitude, la proximité – quelques dizaines de kilomètres – de l'équateur, le bruissement du vent dans les eucalyptus, les torrents qui déferlent des plateaux andins, le volcan Cayambe et ses neiges éternelles… nos yeux ne cessaient d'admirer.

Ici règnent des ours à lunettes, des renards et des condors. Notre route croise celle d'un Français qui a choisi de tout quitter pour venir protéger les condors. Une vie consacrée à un combat que d'aucuns jugent vain : sauver quelques rapaces chaque année quand plusieurs centaines sont tués par nos sociétés. Sur place, il est considéré comme un homme plein de courage tant il faut en avoir pour quitter le monde urbain et s'isoler ainsi, pour suivre un chemin de reconnexion au monde réel, à la nature qui rythme le quotidien. En découvrant cette région sauvage, un bonheur inédit, une forme de sentiment amoureux sans objet montent en moi. Un bien-être et une chaleur intenses. D'où viennent-ils ? De cette connexion au monde, à la terre ? De ces moments de partage avec celles qui me sont le plus chères ? Du fait qu'en cet endroit lointain ne dominent pas la souffrance, le dépassement de soi, les larmes ou les doutes mais une douce harmonie ? Pour rien au monde je ne renoncerai à la dureté de mes combats contre les éléments, en mer, mais je savoure ces instants différents, rares, comme une guérison contre les blessures bientôt éprouvées au large.

Le surlendemain, nous voici au sud de Quito. Après cinquante kilomètres de routes tortueuses apparaît le volcan Cotopaxi, planté majestueusement devant nous. Les derniers kilomètres se déroulent au sein d'un parc national dont la végétation, les décors nous éloignent progressivement de la civilisation bruyante et désordonnée d'un pays qui peine à se développer.

À 4 000 mètres d'altitude, le sommet recouvert d'un capuchon nuageux ne dissimule pas les neiges éternelles dégoulinant le long de ses flancs. C'est un émerveillement absolu : le blanc des glaces, le gris de la roche, le vert du paramo, cette végétation que l'on trouve entre 3 000 et 4 000 mètres d'altitude, le jaune des romarins, le marron des totora, ces roseaux que l'on voit aussi sur les bords du lac Titicaca, parfois l'orange de la chuquiragua, une fleur symbole de la cordillère des Andes… tout fait couleur, peinture, ailleurs. Si l'océan est à moins de 200 kilomètres à vol d'oiseau, des mouettes d'altitude – dont le cri se confond avec celui de nos mouettes bretonnes – me font sourire.

Le programme ne prévoit pas de gravir le sommet, mais quand j'aperçois le toit rouge du refuge d'où partent les randonneurs, je ressens une frustration. Tel le marin en herbe voguant à la sortie de la baie sur son esquif et devant tourner le dos au large qui l'appelle pour regagner le port, je trépigne presque. Pour la première fois, monte en moi ce que doivent éprouver les femmes et les hommes de la montagne, que j'ai envie de nommer « l'appel des cimes », en écho à l'appel du large qui me prend aux tripes depuis toujours. Oui, je me sens frère de celles et ceux qui sont sans cesse attirés par cette verticalité fascinante. Le cri silencieux du ciel me susurre que, peut-être, le moment est venu d'envisager la montagne comme un nouvel espace d'investissement de mon imaginaire, comme une autre ère de jeu pour mes rêves et défis. L'évidence avance. La montagne est un seuil initiatique : elle aussi met à l'épreuve, elle aussi est une école de la discipline intérieure qui ouvre à la possibilité de révéler en soi le divin qui l'habite. La montagne, comme la mer, ne souffre aucun compromis et ne laisse pas passer les imposteurs. Plus que le large, elle impose à celui qui veut atteindre ses sommets d'être quasi nu, sans machine en carbone, sans médiation, dans un rapport direct et entier au monde. De lutter sans aide ni échappatoire, de jouer sa vie pour gagner le point culminant, et, une fois là-haut, jouir de la récompense du silence et de la solitude conquis à la sueur du front, apprécier comme jamais le sentiment de ne plus faire partie du monde des habitants de la vallée, un peu comme le marin laisse lui-même le monde habité dans son sillage. « Celui qui plane sur les plus hautes montagnes, se rit de toutes les tragédies de la scène et de la vie[1] », dit Zarathoustra. Devant la montagne, devant ses simplicité et évidence, l'homme se débarrasse des contingences d'en bas et se moque des tragédies humaines. Là, sur les cimes, le montagnard arrive à faire coïncider le sommet qu'il a gravi avec celui de son âme.

La montagne a aussi quelque chose de puissant dans le message destructeur qu'elle envoie. Elle domine tout par son côté inaccessible, par son silence éternel – la mer multiplie les sons. Ses sommets donnent un sentiment d'infini en émergeant dans la brume telles des apparitions et en s'érigeant vers le ciel. Quand on est auprès d'elle seuls le ciel et les forces pures et ancestrales de la terre qui ont dressé de telles murailles géologiques se dressent face à l'homme. Devant ces manifestations de l'immutabilité, souffle en moi le vent du large qui me fait sentir la même liberté profonde, la même pureté, la même puissance que celles des cimes enneigées, et la même envie irrépressible de m'y aventurer.

1. Nietzsche, *Ainsi parlait Zarathoustra*, I, *Lire et écrire*, Gallimard, Folio Essai, 1985, p. 49.

19

Délires oniriques

> « Le sommeil, mort de la vie de chaque jour, bain du labeur douloureux – baume des âmes blessées, second service de la grande nature, – aliment suprême du banquet de la vie[1] ! »
>
> Shakespeare

Quatre heures du matin au creux de la nuit. Je viens de terminer une longue manœuvre épuisante de changement de voile d'avant. Je range mon cockpit et essaye de reprendre ma respiration ainsi que de faire baisser la température de mon corps en nage. Descente en cabine. Le vent est irrégulier, alors impossible de se déchausser et de quitter mon bas de ciré, il faudra sans doute régulièrement remonter sur le pont. Je règle

1. *Macbeth*, acte I, scène 7.

mon réveil sur quarante minutes, descends mon pantalon jaune inondé sur mes bottes trempées et me couche sur le matelas. Le bateau plante régulièrement dans les vagues, alors je serre la ceinture de sécurité qui me fixe au lit et m'empêche de glisser vers l'avant du bateau. Bientôt un demi-sommeil me gagne, agité par la vigilance instinctive que mon cerveau réserve aux différents bruits du voilier. Les questions sur le choix de trajectoire me taraudent. Or des demi-rêves envahissent peu à peu mes pensées.

En mer, je redeviens un animal menacé par ses prédateurs, qui ne peut dormir d'une seule traite. Les éventuels dangers sur l'eau, les variations du vent qui imposent des modifications régulières de réglage ou d'éprouvants changements de voilure empêchent de sommeiller plus de trente à soixante minutes d'affilée. Ma pensée devient alors primitive, au contact de cette nature sauvage se recentre sur des choses primordiales : songer à boire, manger, dormir, ou franchement fondamentales : rêver devant un crépuscule, s'interroger sur le sens de ce qui m'entoure, contempler les crêtes de vague qui se font et défont devant mon étrave, admirer les firmaments étoilés qui brillent le soir sur la voûte céleste. Le large révèle le mélange d'animalité profonde et de spiritualité qui habite l'homme.

Reste que, au large, mon sommeil, lui, est franchement régressif. Digne d'un mammifère. Comme le dit peu poétiquement le médecin spécialiste qui me suit à ce sujet, je passe du sommeil « monophasique » du terrien au « polyphasique » de l'animal ou du marin. L'impératif de veille lié au bateau est, en réalité, une chance inouïe. Car il m'offre la possibilité d'évacuer une part de mon sommeil léger de terrien pour dormir seulement au moment où mon corps sombre dans l'absence réparatrice, ces sommeils lents-profonds et paradoxaux qui alternent afin de réparer le cerveau pour les premiers et les muscles pour les seconds. L'homme ne pêche pas par *hubris* lorsqu'il rêve de moins dormir car s'il ne pourra jamais rester vigilant toute la nuit comme le dauphin qui sait alterner les deux hémisphères de son cerveau, il peut, en revanche, dormir deux fois moins qu'à terre pour le même rendement.

Le sommeil du large complique aussi le retour à terre. Car une fois le pied au sol, il faut oublier les habitudes prises de mammifère en milieu hostile. Cesser de n'être concentré que sur soi-même – quel luxe, quand j'y pense –, aller se reposer lorsque le corps le demande, ne plus se coucher qu'aux horaires prescrits par la société, en somme, réapprendre à dormir comme un habitant du monde habité. Sans oublier de se réhabituer au cadre immobile d'un lit, chose délicate après plusieurs semaines voire mois de demi-sommeil à l'écoute du voilier en carbone, de ses réactions et du moindre de ses craquements. Or, par je ne sais quel miracle de l'oreille interne, le large continue de parcourir le corps. Durant les premiers jours de vie terrienne, si je me réveille la nuit, c'est sur un lit qui me semble bouger tel mon bateau. Si je dois me lever, je chancelle, ayant encore l'impression d'être sur le pont en mouvement. Il m'est arrivé même de me réveiller en train de tirer frénétiquement sur mes draps, pensant qu'il s'agissait d'une toile de spinnaker à ramener rapidement à bord.

Plus que ces horizons différents, c'est ce nouveau rapport au réel qui me subjugue dans le sommeil en mer. Il y a en effet quelque chose d'éminemment physiologique dans la perception du vrai lorsque je voyage sur les océans. Les drogues endogènes issues de l'effort subliment toutes les manifestations de la nature. La fatigue et l'effort me rendent hypersensible aux majestueux crépuscules entre des cumulus, aux bleus de l'océan sous une éclaircie, à la côte aperçue subrepticement. Un manque de sommeil peut me faire hurler de joie parce qu'une manœuvre est réussie, pleurer à la réception d'un classement décevant comme à la découverte d'avoir gagné une place pendant la nuit. Parfois, cette acuité exacerbée cède la place à un état vaporeux, et c'est autant lui qui me pousse à me parler à haute voix que les dizaines de journées baignées de solitude. Un peu comme le vent de la pensée hégélienne balaye les oppositions de la pensée d'entendement, la fatigue du large balaye les oppositions du réel et de l'imaginaire, du rationnel et de l'intuition. Du coup, le voyage intérieur – qui ressemble à une traversée intime des ressources mentales et du champ infini des projets – est aussi un voyage onirique, une découverte des régions inhabitées de ma psyché. Tandis que dormir à terre d'une traite s'apparente à un trou noir – il est assez rare de se rappeler un rêve –, le fractionnement du sommeil au large et l'alarme qui m'arrache toutes les quarante minutes des bras de Morphée fonctionnent comme un arrêt sur image. Le film du rêve en cours interrompu est très clair. En veille sur le pont, il peut m'arriver même de le garder en tête, de tenter d'en décrypter le sens, voire de le reprendre deux heures plus tard quand je retourne m'étendre sur la couchette.

Mon expérience la plus étrange de l'interstice où le rêve et le réel se mixent eut lieu sur une course en double entre la France et le Mexique. Deux nuits d'affilée, je rêvai d'une présence impersonnelle, menaçante et envahissante à bord. Qui n'avait pas de visage, ne correspondait à aucune personne concrète. Ne l'affublant pas d'un nom, je la nommai « la présence ». Une « présence » qui était là, s'immisçait dans mes échanges avec mon équipier, m'empêchait de lui tourner le dos sous peine de me voir poussé par-dessus bord. Je devais effectuer la moindre manœuvre avec une infinie précaution, de crainte qu'elle ne vienne troubler l'enchaînement de gestes et ne me pousse à la faute.

La « présence » résume l'histoire de mes cauchemars de terrien. Je me souviens peu des rêves ayant occupé mon sommeil à terre mais l'un d'eux, récurrent, m'a marqué. Je marche sur un sentier et me trouve face à un buisson. Dans celui-ci, une présence menaçante m'observe. Je la devine, la sens mais ne la vois pas. Afin de conjurer ma peur autant que pour l'intimider, une solution : hurler. Des cris qui, alors qu'étudiant parisien à Sciences Po je partageais un appartement au sud du 15e arrondissement, réveillèrent mes colocataires. Lesquels parlèrent même d'un hurlement de bête.

Je ne pus m'empêcher de faire un rapprochement entre ce cauchemar récurrent et le rêve qui me suivit deux jours durant sur la route du Mexique. Un peu comme si « la présence » avait traversé l'Atlantique et m'avait poursuivi sur mon bateau. De fait, lors de mes heures de quarts à la barre, ceux de nuit, les pires, tandis que je luttais pour rester concentré sur la vitesse du bateau et l'angle du vent, je la sentais assise derrière moi. Je sentais même son souffle contre mon oreille.

La deuxième nuit, paradoxalement c'est un rêve qui me libéra de la menace. Étrange mise en abîme ! Car mon coéquipier, Armel, poussait « la présence » à l'eau. Et c'est moi qui étais tiré du sommeil par son hurlement lugubre en disparaissant dans les profondeurs. De quart sur le pont à mon tour, et toujours en proie à ce mélange de rêve et de lucidité, je me lamentais deux heures durant sur notre sort. Que dirions-nous aux autorités mexicaines en arrivant dans le Yucatan ? Comment justifier un tel homicide ?

Il fallut un sommeil de plomb en couchette pour me libérer définitivement de ce délire onirique. Progressivement, une frontière se redessina entre le réel et l'imaginaire, et je n'entendis plus parler de cette « présence ». Depuis, elle est peut-être revenue importuner mes rêves à terre, mais elle n'a plus jamais osé troubler ma paix au large.

Si le large offre une connexion inédite à l'Être grâce à l'expérience esthétique de ses splendeurs, il prolonge ce regard sur l'Absolu à travers le sommeil. Lequel brouille les repères de l'entendement et offre une autre expérience au réel. Dormir offre parfois une connexion plus authentique au monde.

« J'entends la rumeur incessante de tous ces corps endormis. Maintenant que le sommeil a fait comme une nécropole de toute cette ville et que rien ne peut plus agir sur le fragile cerveau des hommes, seul sensible aux lois des hommes, j'entends le bruit des cœurs, des rates, des foies, le flux des poumons, les reflux de sang qui obéissent aux lois du monde[1] », écrit un Jean Giono en train d'observer l'instant où les Parisiens quittent leur rythme trépidant et urbain pour se laisser aller à l'énergie fondatrice du cosmos, à cette symphonie universelle dont la ville empêche l'accès.

Mon expérience au large est proche de l'hindouisme du védanta, qui supprime la dualité

1. Jean Giono, *Les Vraies Richesses*, Grasset, 1937.

entre l'état de veille et le sommeil, met celui-ci au cœur de tout et en fait même un accès privilégié à la transcendance. Le sommeil sans rêve (*susupta*), autrement dit pur et profond, est la matrice de la conscience dans l'hindouisme. Il nous offre une expérience de l'unité et une plénitude centrée sur elle-même. « Dans le sommeil, il n'y avait pas de monde, pas d'ego et pas de difficultés. Puis, quelque chose s'éveille de cet état de bonheur et dit "je". C'est à cet ego que le monde apparaît. L'homme, qui est un grain de poussière dans le monde, veut en obtenir davantage et récolte ainsi les ennuis. Comme il se sentait heureux avant que ne s'éveille l'ego ! L'éveil de l'ego est la seule cause de tous les ennuis. Que l'homme remonte jusqu'à la source de son ego et il atteindra cet état indifférencié de bonheur qui est le sommeil sans sommeil[1] », enseigne la sagesse hindouiste. La vie diurne en devient un effort pour retrouver l'état de plénitude auquel le sommeil donne accès.

Au fond, j'en viens à me demander si notre société moderne n'entretient pas le même rapport au sommeil qu'à la nature. « On dormira quand on sera mort » : combien de fois ai-je entendu ces

1. Ramana Maharshi, cité dans *L'Enseignement de Ramana Maharshi*, Albin Michel, 2005.

paroles à terre, comme si le sommeil relevait du trou noir sans intérêt, d'une privation d'être et d'une perte de temps. À terre, nous portons aux nues celles et ceux qui dorment peu ou pas. Un président de la République qui raconte ne dormir que quatre heures par nuit passe pour une bête de travail et est censé inspirer la confiance à ses concitoyens. Nous autres, marins, sommes souvent regardés en héros qui dorment peu. Or nous ne dormons pas peu mais mieux, car nous avons renoué avec l'énergie fondatrice de la nature et le sommeil polyphasique du mammifère.

Quelques semaines après le début de la Grande Guerre, Stefan Zweig a publié un texte visionnaire sur le sujet. « Dans chaque pays de cette Europe qui s'étend à perte de vue, dans chaque ville, chaque rue, chaque maison, chaque logis, le souffle tranquille du sommeil est raccourci et enfiévré, telle une vaste nuit d'été torride et étouffante, le temps enflammé brille dans les nuits incandescent, et plonge les sens dans la confusion. [...] Toute une humanité a désormais la fièvre nuit et jour, un état de veille effroyable et tout-puissant fait courir ses étincelles à travers les sens excités de millions de personnes, le destin pénètre, invisible, par les mille fenêtres et portes, effarouchant le sommeil, chassant l'oubli de chaque lit. Il y a moins de sommeil aujourd'hui dans le monde, les nuits sont plus longues et les jours aussi[1]. » Eh bien, j'en viens à penser que notre société a gardé ce rythme hérité des grands conflits barbares. La compétition économique, la pression sociale, le bruit des mégalopoles polluées, la connexion à une illusion de réel à travers les écrans, la surinformation et le buzz médiatique nous maintiennent éveillés et cultivent cette « fièvre insomniaque » de la guerre si admirablement dépeinte par Zweig.

1. Stefan Zweig, *Le Monde sans sommeil*, Payot, coll. « Petite bibliothèque Payot », 2018 – quatre textes y sont réunis, rédigés pour la plupart en pleine Deuxième Guerre mondiale.

20

Trésors polynésiens

> « L'air qu'on respire, les chants, la danse pressait toujours accompagnée de postures lascives, tout rappelle à chaque instant les douceurs de l'amour, tout crie de s'y livrer[1]. »
>
> Bougainville

Tahiti. Mon paradis. Le seul endroit sur terre où je me sens aussi bien qu'au large, où je me vois envoûté par la douce magie de la vie en harmonie avec le cosmos.

Sur un voilier au large, chaque journée est dictée par le lever de soleil qui marque la fin de la veille nocturne. Celle-ci peut avoir facilité des tournures méditatives sous le firmament étoilé ou, au contraire, s'être apparentée à une cavalcade à tombeau ouvert sur des vagues bercées

1. Bougainville, *Voyage autour du monde*, Édition de Jacques Proust, Gallimard, coll. « Folio Classique », 1982, p. 259.

d'une nuit d'encre. Mais quand sonne l'heure de la prise d'information pour dessiner la meilleure trajectoire en fonction des grands systèmes météorologiques et des caprices d'Éole, s'ensuit une multitude de tâches techniques, de vérifications du bateau. La vie à bord est marquée par les repas – le plus souvent de l'eau bouillante pour hydrater un plat lyophilisé –, des manœuvres de changement de voile liées aux variations du vent, des modifications de réglages adaptés, le marin devant être à l'écoute de son bateau. Et le soir, alors que le coucher de soleil est un moment attendu, le grand architecte récompense l'aventurier des mers d'un spectacle d'une perfection esthétique et chromatique unique. Mais ce crépuscule marque aussi le changement du régime à bord avec le passage à la vigilance nocturne empreint d'une certaine solennité. Voilà ce que j'aime dans la vie de navigateur : elle n'est dictée par aucune contrainte autre que celles de la nature sauvage qui nous entoure, nous englobe même.

En Polynésie, j'ai l'impression de renouer avec la vie du large. Chaque matin, le soleil se lève sur un lagon devenu miroir grâce aux échanges thermiques entre la terre et l'océan qui bloquent le flux alizéen. Un calme interrompu uniquement par les nombreux chants des coqs à terre qui résonnent jusque sur le lagon. Puis, par un miracle dont seule la nature a le secret, le vent se lève alors que le soleil prend de la hauteur et que la chaleur s'installe. Comme si tout avait été prévu pour rendre cette dernière supportable.

Ici, le bien-vivre est inscrit partout. Dans la température qui règne au bord de l'eau. Dans le vent chaud et régulier qui enivre les sens. Dans les nuances bleutées du lagon, le vert luxuriant de la forêt qui plonge jusque dans l'azur de l'eau. Dans le grondement des rouleaux sur la barrière de corail aussi, qui rappelle la puissance de l'océan mais donne l'impression de vivre dans un havre de calme calfeutré derrière la barrière de corail. Le chant aigu des ukulélés qui flotte, lancinant, dans la tête, tard le soir, alors que tout est éteint et que les bars sont fermés s'ajoute à ces multiples béatitudes.

Au fond, rien, ici, n'est habité par une quelconque hostilité. Le visiteur que je suis ne rencontre ni danger, ni prédateur. La nature s'est mise en quatre pour prendre soin de celles et ceux qui lui font l'honneur d'une escale. Le vent de 15 à 20 nœuds souffle avec une précision de métronome et empêche de souffrir de la chaleur. La barrière de corail casse les mouvements de l'océan et fait du lagon un lac clément sur lequel évoluer en voilier comme en pirogue est possible. Elle s'érige aussi en rempart contre les prédateurs : requins blancs, requins-tigres ou citrons. À terre même, pas de scorpion, de mygale et autre serpent. Juste des poules sauvages. Quant à la douceur des habitants, elle est à l'image du climat et du reste.

À croire que rien n'a changé en plus de deux siècles. Bougainville évoque son même émerveillement lorsqu'il a débarqué à Tahiti. Et décrit la douceur de cette nature généreuse et celle de son peuple si accueillant. « Je me croyais transporté dans le jardin d'Éden ; nous parcourions une plaine de gazon couverte de beaux arbres fruitiers et coupée de petites rivières qui entretiennent une fraîcheur délicieuse, sans aucun des inconvénients qu'entraîne l'humidité. Un peuple nombreux y jouit des trésors que la nature verse à pleines mains sur lui. Nous trouvions des troupes d'hommes et de femmes assises à l'ombre des vergers ; tous nous saluaient avec amitié ; ceux que nous rencontrions dans les chemins se rangeaient à côté pour nous laisser passer ; partout nous voyions régner l'hospitalité, le repos, une joie douce et toutes les apparences du bonheur[1]. » Aucune menace, nul désagrément

1. Bougainville, *Voyage autour du monde*, *op. cit.*, p. 235-236.

pour le visiteur. « Mais un avantage inestimable de cette île, c'est de n'y pas être infesté par cette légion odieuse d'insectes qui font le supplice des pays situés entre les tropiques ; nous n'y avons vu non plus aucun animal venimeux. D'ailleurs, le climat est si sain que, malgré les travaux forcés que nous y avons faits, quoique nos gens y fussent continuellement dans l'eau et au grand soleil, qu'ils couchassent sur le sol nu et à la belle étoile, personne n'y est tombé malade[1]. »

Cette vie au contact du cosmos, qui favorise une douce oisiveté, libère les mœurs et l'amour, selon l'explorateur. Bougainville ressentait l'émotion qui s'empare de vous au coucher du soleil lorsque le vent s'essouffle, que le lagon se tait et que le calme du paradis est accompagné par le chant aigu et lancinant des instruments locaux. « L'air qu'on respire, les chants, la danse pressait toujours accompagnée de postures lascives, tout rappelle à chaque instant les douceurs de l'amour, tout crie de s'y livrer[2]. »

Ici les rencontres ont une douceur dont elles ne bénéficient pas ailleurs. Ainsi, soucieux de trouver une connexion Internet me donnant accès au

1. *Ibid.*, p. 251.
2. *Ibid.*, p. 258.

monde urbanisé que pourtant je fuyais – éternel paradoxe –, je m'étais enquis d'un réseau wifi auprès du directeur du Yacht-Club de Huahine. « On a eu beaucoup de vent et beaucoup de pluie ces derniers jours, me dit-il. Rien ne marche. Mais si tu viens dans un mois, ce sera bon. »

Voilà le secret de la Polynésie : on y prend le temps. On se laisse bercer par le rythme de la nature, tel le marin en mer. Près de trente ans après mon premier voyage à Tahiti, je n'imaginais pas que l'harmonie entre le monde des hommes et son environnement ait pu perdurer. En me rendant sur la presqu'île de Taiarapu, juste après Teahupoo, où se trouve une plage de vague mythique que viennent défier des surfeurs du monde entier, je vis que rien n'avait changé ; aucune route – les habitants l'ont refusée –, pas d'électricité ni de connexion Internet. On vit là-bas comme au siècle dernier. Souvent de la pêche dans le lagon et de quelques petits boulots. À Tahiti, comme nulle part ailleurs, l'Homme est présent, mais au moins a-t-il su se faire discret. Au moins a-t-il eu la prudence, l'intelligence de s'adapter à la nature sauvage et non de lui imposer ses diktats.

Chemin faisant, je rencontre Philippe et Marie. Leur voilier *Le Pélican*, sur lequel ils vivent, est mouillé à quelques encablures du motu Mote à

Taha'a, sur lequel ils ont ouvert voici deux ans un hôtel composé de quatre bungalows offrant une vue imprenable sur le lagon et la barrière de corail. Ils sont de ces jeunes couples qui ont quitté l'Hexagone au milieu des années 1970 avec un voilier, quelques économies et des rêves plein la tête, et ont mis le cap à l'ouest sur la route des alizés – Atlantique, Caraïbes, Panama, Galapagos, Marquises, Tahiti – avant d'échouer à Taha'a. Sans, depuis, jamais en partir. Étrange paradoxe encore que ces existences aventurières passées dans un rayon de dix kilomètres !

On pourrait disserter des pages et des pages sur les charmes de ces îles. Dès que, tous les soirs, le créateur sort sa palette pour régaler nos yeux d'un dégradé du jaune de fin de journée au bleu encre du bout du crépuscule en passant par les rouge, rose, violet, mauve. Je ne saurais écrire si le ciel saigne de la folie des hommes ou brûle de la flamme de la vie mais le spectacle est époustouflant. Le coucher de soleil de Moorea vu de la plage de Puna'auia à Tahiti, celui sur Bora-Bora admiré du nord de Taha'a, celui sur Raïatea découvert de l'ouest de Huahine… chaque fois, un spectacle magique donne corps à la notion, si théorique, de perfection.

À l'époque où je préparais un voyage en Inde, je me rappelle être tombé sur un livre intitulé « Fous de l'Inde. Délires d'Occidentaux et sentiment océanique[1] », écrit par un psychiatre, qui décrivait l'effet que faisaient ce pays et sa culture à nos consciences occidentales les découvrant pour la première fois, la perte de contact avec la réalité et, une fois le retour accompli, l'obsession d'y retourner. Y aurait-il un syndrome Tahiti pour les femmes et hommes de passage dans l'archipel polynésien ? Je me suis demandé à maintes reprises pourquoi tant de navigateurs avaient fini par échouer dans un lagon polynésien. Sur place, je détenais probablement une part de la réponse.

Tout a commencé en 1968 quand, lors de sa « longue route », Bernard Moitessier, alors en tête du Golden Globe, premier tour du monde en solitaire, décida de ne pas rentrer vers l'Europe après le cap Horn pour décrocher une victoire qui lui tendait les bras mais préféra poursuivre l'aventure ailleurs. Il envoya alors à un cargo, à l'aide d'un lance-pierre, ce message entré dans la légende : « Je continue la route pour sauver mon âme. » Après 37 455 milles et trois cent

1. Régis Airault, *Fous de l'Inde. Délires d'Occidentaux et sentiment océanique*, Payot, coll. « Petite bibliothèque Payot », 2000.

trois jours seul sur son *Joshua,* il termina son parcours dans le lagon de Tahiti. Beaucoup de marins lui emboîtèrent le pas, parfois de nombreuses années plus tard : Olivier de Kersauson, Titouan Lamazou, Laurent Bourgnon. Ont-ils trouvé là-bas la paix du grand large ? Y ont-ils retrouvé la connexion au monde découverte loin de la terre et des espaces trop habités ? C'est ce que je pense du plus profond de moi-même.

Après une vie à rêver des océans et une décennie à les parcourir en course, après plusieurs années à chercher à renouer avec le moment fondateur vécu dans l'Atlantique Sud face au crépuscule mystique, je me suis fait le serment, ici dans le lagon du paradis, de continuer à parcourir les mers du globe tant que la nature m'en donnerait la force et l'envie. Mais j'ai aussi compris que la meilleure des retraites serait de revenir jeter l'ancre là.

21

En quête du crépuscule perdu

> « Les prestiges du jour, la rosée du matin, l'arc-en-ciel, les montagnes, les vergers en fleurs, les étoiles, le clair de lune, les reflets sur une eau calme et toutes choses semblables, si elles sont trop ardemment pourchassées, deviennent de simples spectacles et se jouent de nous par leur irréalité[1]. »
>
> Ralph Waldo Emerson

Septembre 2019. Je navigue au large de la côte bretonne en course avec un coskipper, Éric Péron – qui, à un « y » près, aurait pu faire partie de la famille de l'illustre Loïck – et un photographe prostré par un mal de mer le contraignant à être assis depuis plus de vingt-quatre heures sous la casquette. Le crépuscule de l'Atlantique Sud est

1. Ralph Waldo Emerson, *La Nature*, *op. cit.*, p. 24.

loin. À quelques semaines d'un départ en course pour le Brésil, nous sommes concentrés sur les choix de voile et le réglage de l'électronique. Un ciel de traîne a creusé une mer régulière et puissante qui respire les premières fraîcheurs de l'automne. Chaque année, le paradis breton d'été et ses vents mous générés par un anticyclone des Açores dans une position très septentrionale sont enterrés par le retour d'une première dépression. Laquelle annonce en général le glissement des hautes pressions vers le sud et ouvre le verrou à ses sœurs qui patientaient depuis plusieurs semaines. J'ai l'impression que cette dépression est en train d'enterrer mon été.

Le bateau bondit de vague en vague dans un inconfort absolu. Je me dis qu'il faut vraiment être fou pour aimer cela. Le soleil commence à descendre sur l'horizon. Soudain, le ciel bleu azur de la traîne vire au rose, puis au violet. Les cumulus se métamorphosent en cotons incandescents, sentinelles d'un monde sauvage, d'un ailleurs qui se révélerait fugacement à celles et ceux qui ont le privilège de croiser par ici. Mon cœur tressaille. Vais-je revivre l'expérience intérieure du crépuscule d'éternité ? Tous les ingrédients de l'alchimie profonde entre mon être et l'Être, entre mon monde intérieur et celui de la nature, sont réunis. Pas prédisposé à une quelconque expérience mystique et dans un état d'esprit rétif à toute rencontre, je suis juste au large, face à un crépuscule dont la beauté échappe au pouvoir des mots. Le photographe va-t-il trouver la résilience l'incitant à se lever et à immortaliser ce moment qu'il ne revivra jamais à terre ?

Non, il est comme mort. Mais, cette fois-ci, moi je suis à l'écoute de mon émotion. Il n'y aura pas d'effet de surprise. L'astre céleste poursuit sa descente sur la ligne d'horizon et finit par disparaître. Le violet s'assombrit pour virer au bleu. Les étoiles s'allument une à une au-dessus de ma tête de mât. Je descends déclencher les feux de navigation. Une émotion esthétique profonde m'émeut… mais rien de plus pour cette fois.

L'expérience d'éternité vécue six ans plus tôt en sortie de pot au noir n'arrive-t-elle qu'une fois par vie ? Peut-être. Mais je ne le saurai qu'en poursuivant ma route sur les océans du globe, à l'écoute de la grande vibration de l'Être. Vraisemblablement, les aventuriers du large, des déserts ou des hautes montagnes ont en partage l'impossibilité d'être repus, l'incapacité à se sentir ou à se savoir arrivés au moment où il convient de fermer le livre et d'en ouvrir un autre. Moi, je guette l'instant où je me dirai : « Fabrice, ça y est, tu as fait le tour des océans », avec la conscience qu'il faut désormais poursuivre la route *via* d'autres chemins, comme j'ai un jour tourné le dos à ma vie de terrien installé.

Je me vois encore en train de partir, un mercredi matin de novembre 2010, pour Saint-Malo et ma première Route du Rhum. Avant de me voir fermer la porte après de longues embrassades, Charlotte, le regard inquiet, m'avait dit : « C'est promis ? Une seule transat, une seule traversée, tu vis ton truc et ensuite, surtout, tu rentres et tu ne recommences pas ? » J'avais promis les yeux dans les yeux. En toute sincérité. Comme cinq ans plus tard, je lui ai assuré, avec la même conviction, qu'il y aurait un seul tour du monde.

Mais l'appel des océans est impossible à éviter. Mis à part quelques imposteurs, je n'ai jamais rencontré de marins repus de large. D'autant que chaque navigation renforce la conviction d'être enfin au bon endroit. « Les choses ne s'arrêtent jamais, il en est de même de l'être humain comme de son propre cœur : pouvoir continuer à aller d'une chose qui l'emballe a une autre chose qui l'emballe, comme la vague après la vague, écrit Alain Colas. Le bonheur est peut-être cet accord rare entre ce qu'on est et ce qu'on fait. Mais être, c'est devenir, il faut inlassablement reprendre le bâton de pèlerin et le moment est venu où mes yeux ont cherché un autre pic à escalader, aussi fabuleux, aussi tentant... dont les contours, bientôt, ressembleraient à s'y méprendre aux formes burinées et tailladées d'une roche sombre et dure, au nom claquant comme un coup de voile : le cap Horn[1]. »

L'alpiniste aura toujours une nouvelle montagne à gravir, le marin un nouveau cap à passer ou un nouvel océan à traverser. Je me suis fait une raison. Et j'ai cessé de promettre ce que je ne pourrai pas tenir. Je continuerai encore et encore à naviguer, à jamais insatiable et en quête de nouvelles expériences et de nouvelles émotions.

---

1. Alain Colas, *Cap Horn pour un homme seul*, *op. cit.*, p. 77.

Épilogue

Pourquoi repartir ?

> « Je désirais le mouvement et non une existence au cours paisible. Je voulais l'excitation et le danger, et le risque de me sacrifier pour mon amour. Je sentais en moi une énergie surabondante qui ne trouvait aucun exutoire dans notre vie tranquille. »
>
> Léon Tolstoï,
> *Le Bonheur conjugal*

Novembre 2013. Arrivée au Brésil de ma première Transat Jacques-Vabre. Je n'étais pas prêt à affronter l'Atlantique à si vive allure. Le hurlement des safrans, le pont sans cesse trempé qui transforme le postérieur du barreur de quart en véritable champ à escarres, les contrastes du pot au noir, la chaleur suffocante des alizés après avoir grelotté dans le golfe de Gascogne… la transition entre la vie de journaliste et cette course a été trop brutale.

Elle a débuté par un convoyage entre la Bretagne et Le Havre qui m'a donné l'impression d'une schizophrénie sociale plus que mentale. Parti avec mon Class 40, un voilier de 12 mètres, j'avais subi des vents de 50 nœuds au large de la pointe de Bretagne. Pourquoi se mettre en difficulté à six jours du départ ? Parce que je dois impérativement être le lundi matin au *Figaro* boulevard Haussmann pour une interview.

Si les vents évanescents après le passage de la dépression font fondre comme neige au soleil mes douces certitudes de réussir ce pari, je ne renonce pas. J'arrive au Havre vers 4 heures du matin. Le temps de remonter les écluses, je réserve un taxi qui m'attend en haut du quai. Le bateau approche. Je saute avec une aussière que je fixe à la hâte sur le ponton, me retourne pour récupérer mon sac posé sur le pont, puis monte quatre à quatre les marches de la passerelle. Ni une ni deux, le taxi me conduit à la gare et je me retrouve, moins de trente minutes plus tard, dans un Corail, le train de mes voyages d'enfance, à destination de Saint-Lazare. Arrivé à Paris à 7 h 30, je gagne *Le Figaro* à travers les rues Saint-Lazare et de la Chaussée-d'Antin, qui commencent à s'emplir des hordes de Parisiens s'entassant quotidiennement dans leurs cercueils en acier pour gagner leurs lieux de travail. À 8 heures du matin, je suis à mon bureau. Les cheveux raides et dressés par le sel. Le jean humide. Et, à mes pieds, mon sac avec mon ciré ruisselant des embruns qui, il y a quelques heures encore, balayaient le pont et fouettaient mon visage.

Quelques semaines plus tard, sur cette Transat Jacques-Vabre, je ne ressens pas le décalage absolu entre le monde du large et celui des terriens que j'ai franchi en quelques heures ce lundi matin de novembre, mais la violence du premier comparée au rythme aseptisé et sédentaire qu'est le mien et où je me complais, terrien. J'ai passé trois semaines à prier pour que la traversée se passe bien et en finisse. Je suis épuisé moralement mais, à mesure que la terre approche, à mesure que se concrétise la perspective d'un retour au confort, grandissent en moi l'angoisse de renouer avec la civilisation et le désir impératif de reprendre la mer. Comme si l'envie de partir était inscrite dans le fait même d'arriver.

Février 2017, sur le Vendée Globe. J'évolue au près dans des vents mous du golfe de Gascogne occupé par un vaste anticyclone. J'ai quitté les Sables d'Olonne depuis plus de cent jours, dû diviser par deux mes réserves de nourriture depuis quasiment trois semaines. Le bateau est estropié :

les safrans grincent, il n'y a quasiment plus de voiles d'avant à envoyer pour naviguer. Il faut rentrer.

Or cette ligne d'arrivée que j'ai espérée de tout mon être depuis trois mois, que j'ai fantasmée durant des années me tend les bras. Les moments que je vais vivre dans quelques heures, je les ai déjà vécus des dizaines de fois dans mes songes de quart, sous ma casquette, dans mon siège de veille ou allongé sur ma bannette. La terre qui se dévoile dans la brume. Les premiers bateaux sur la ligne d'horizon. L'émotion des premiers regards échangés avec l'humanité. Les retrouvailles avec Charlotte, Joséphine, Louise et Garance.

Quelques heures avant cette libération et la fin des cent trois jours d'aventure, j'adressais un mail à ma femme pour lui annoncer que je repartirais quatre ans plus tard sur le prochain Vendée Globe. Chaque fois, c'est la même chose : je me bats pour traverser l'océan le plus vite possible, parfois je pleure la terre et celles que j'aime et que j'ai laissées dans mon sillage, mais au moment d'arriver, je suis déjà saisi par le désir de repartir.

Je ne fuis pas la terre, ses bonheurs et ses plaisirs. J'aime plus que tout ma vie en famille. Mais cette existence ne constitue qu'un pilier de mon être. Et si je ne me reposais que sur celui-là, je serais comme un unijambiste évoluant dans un monde d'hommes pressés. J'ai besoin de deux jambes pour tracer mon parcours et survivre au monde des terriens.

J'habite à terre mais je suis habité par le large. Il m'a apporté pendant des années une vue unique et imprenable sur le monde. Il m'a comblé chaque matin de ses levers de soleil, chaque nuit de ses firmaments étoilés épurés de toute pollution lumineuse. L'archipel des Açores aperçu au crépuscule lors d'une transat. Un coucher de soleil dans les cumulus de l'Atlantique Sud en sortie de pot au noir. La côte irlandaise et le rocher du Fastnet éclairés par un rayon qui transperce un ciel de traîne. Au large, j'ai profité de centaines de nuits étoilées comme Pierre Loti dans le désert : « Moins lointaines, moins inaccessibles qu'ailleurs, les étoiles brillent au fond des abîmes cosmiques, et, dans ce désert, immuable et sans âge, d'où on les regarde, on se sent plus près de concevoir leur inconcevable infini ; on a presque l'illusion de participer soi-même aux impassibilités et aux durées sidérales[1]. »

Le large n'accorde pas que des moments de contemplation, il m'a aussi offert des compagnons d'aventure, à la faveur de traversées en double ou en équipage, permis ces magnifiques aventures humaines faites de partage et de dépassement de

1. Pierre Loti, *Le Désert, op. cit.*, p. 37.

soi. Il donne aussi accès à un magnifique voyage intime. Comme toute introspection, cette navigation intérieure a sa part d'indicible. Non parce qu'elle serait trop personnelle pour être exhumée, mais parce que ce qui est vécu échappe à l'emprise du concept. Chaque expérience sur l'eau relève du moment unique et magique et devient l'occasion d'une reconnexion au monde dès que la terre s'éloigne dans mon sillage.

Samedi 18 février 2017. Nous sommes à quai aux Sables d'Olonne. J'ai été accueilli par Charlotte et les filles, par mes parents, par des amis, des partenaires et une horde de journalistes. Dans quelques instants, je vais mettre pied à quai, remonter le ponton d'honneur du port et aller raconter mon aventure à celles et ceux rassemblés devant une scène. Mon bateau est immobile pour la première fois depuis cent trois jours. Je détends la bastaque, le bruit semble indiquer que mon fidèle compagnon va enfin pouvoir se reposer. Pour la première fois depuis longtemps, je n'entends plus rugir l'océan sous sa coque, siffler ses appendices, les paquets d'eau courir sur le pont mais juste le doux clapotis de l'eau contre ses flancs. Il semble lui aussi jouir du retour au calme, empli par l'immensité de ce que nous venons de réaliser tous deux. Nous écoutons ensemble le frémissement de l'eau, ce chant calme et mélodieux.

Dans quelques instants, je serai à nouveau un terrien, et le lien tissé avec mon bateau progressivement se distendra. Je ne me réveillerai plus la nuit en sentant son comportement changer, je ne serai plus capable d'identifier et localiser le moindre de ses craquements les yeux fermés. Je ne lui parlerai plus. La vie du monde habité reprendra ses droits. Je retrouverai un lit où dormir, une douche où me laver, un téléphone, des réseaux sociaux connectés sur une illusion de monde, la vie frénétique de celles et ceux qui se réveillent le matin pour aller travailler au bureau. Mais je sais que ce retour n'est qu'une étape avant de me retrouver un jour, bientôt, au large. La piqûre n'a pas fini de faire son effet que je sens déjà un manque profond se creuser en moi. Oui, je repartirai. Oui, je retournerai affronter et contempler ces océans sur lesquels je me sens si intensément en vie.

Je n'ai pas succombé à la tentation de continuer ma longue route, comme le fit il y a un demi-siècle Bernard Moitessier à travers son geste fondateur et rebelle. Mais ses mots résonnent en moi avec une force à chaque navigation plus intense. Impossible de renoncer. Nous repartirons. C'est nécessaire.

Pourquoi retourner au large ? Tout simplement, pour tout cela et parce que la richesse de l'océan est inépuisable. L'embrun salé qui fouette le visage n'a jamais deux fois la même saveur. Les couchers de soleil en Atlantique sont des moments dont chaque lumière et chaque jeu de clair-obscur ne pourra se reproduire à l'identique. On ne se baigne jamais deux fois dans le même fleuve, je ne traverserai jamais deux fois le même Atlantique ou le même océan Indien.

Pourquoi repartir ? Pour revivre de nouvelles expériences sur les océans du globe, mais aussi pour « être » pleinement. « Tant que dure le voyage, on ne regrette pas de quitter ses demeures : on peut en bâtir à son gré. On a le titre de propriété à portée de main et, dans la main, en guise de baguette magique, le fouet à chien. Mais le jour où l'avion s'envole, on se retrouve indigent pour de bon ; on perd plus, soudain, que tous les Médicis, Pharaon ou Nabuchodonosor, dont le pouvoir et les palais étaient tributaires du temps, de l'argent, de la pierre… On fait alors l'expérience de la chute, drame propre à l'explorateur, qui explique son combat passionné pour de nouveaux projets, de nouvelles odyssées. Ce combat, on ne tardera pas, c'est certain, à le reprendre, sachant qu'il n'est pas dicté par le goût des honneurs ou de l'aventure, comme beaucoup le pensent, mais par une absolue nécessité de repartir[1] », écrit Eigil Knuth sur son traîneau au milieu des étendues désertiques du Groenland.

L'heure est venue pour moi de larguer les amarres pour un nouvel Everest, mon deuxième tour du monde en solitaire. À l'instant où je boucle ces lignes, je n'ai aucune idée de ce qui m'attend. Quels seront mes victoires, mes peines, mes désespoirs, mes galères ? J'ignore si le succès m'attendra au bout du chemin. Peut-être renouerai-je avec le moment de béatitude vécu dans l'Atlantique Sud ? Au moins je sais que l'océan me réservera des obstacles, des déconvenues mais aussi de magnifiques récompenses. Parviendrai-je à me fondre dans le grand mouvement de la nature et à me déconnecter du temps de la terre, ou, au contraire, le bruit du carbone et mon bateau diabolique empêcheront-ils la magie du large de m'emporter dans cet autre rapport au monde ? Arriverai-je à rester un homme dans les mers du Sud ? Vais-je à nouveau passer le Horn de jour et admirer ce Graal personnel tel un alpiniste au sommet de son rêve ?

Le large peut être douloureux et impitoyable mais je l'aime profondément, et c'est cette flamme

1. Eigil Knuth, *Indépendance. Ou la philosophie du voyage en traîneau*, *op. cit.*, p. 31.

qui, une fois de plus, m'insuffle l'énergie de repartir loin. Le livre est grand ouvert. Les pages blanches. Reste à écrire cette aventure dont je pourrais imaginer chaque parcelle mais dont j'ignore tout. Au moins suis-je habité par une certitude : j'aurai parfois mal mais il y aura un rayon de soleil au sortir de la tempête. Et les moments vécus là-bas, de même que les retrouvailles avec les quatre êtres les plus chers de ma vie, compteront parmi les plus grands de mon existence.

Je reverrai les ciels de traîne électriques au passage des fronts, les bleus turquoise de mes alizés, le gris et les enclumes effrayantes du pot au noir. Je ressentirai l'angoisse qui monte à l'approche du coup de pied immanquablement reçu en approchant du Grand Sud, je me plongerai dans le gris du grand toboggan vers le Horn, je saluerai les Albatros, les pétrels, les couchers de soleil – que je les vénère ! – à couper le souffle. La reconnexion au monde qui m'attend ne me donne pas uniquement la force de réaliser ce tour du monde, mais plus – mieux – une énergie que mon corps ne peut juguler et que ma vie ne suffit à contenter. La force de parcourir les océans, les contrées sauvages et, j'espère, un jour, les déserts et les montagnes à la recherche des moments uniques de connexion. C'est pour tout cela que, tant que la vie m'en donnera la force, sans relâche, je repartirai.

Post-scriptum

À Charlotte

Comment concilier son amour pour l'être aimé et l'appel de l'océan ? Tenter d'y apporter une réponse définitive serait présomptueux. Mais je tiens à le dire : ma femme est formidable ! Elle méritait que je m'arrête un instant pour l'écrire. Charlotte a épousé un journaliste qui enfourchait un deux-roues le matin pour se rendre dans le bureau de sa rédaction parisienne, et partage aujourd'hui la vie d'un marin qui parcourt les océans, lui impose des absences longues et lointaines, parfois l'angoisse de ne pas le voir rentrer. Elle m'a vu un jour promettre, yeux dans les yeux, que je ne traverserai qu'une fois l'Atlantique en solitaire, lu sous ma plume, dans une lettre, la promesse de ne faire qu'un seul Vendée Globe. J'étais sincère, mais, chaque fois, l'appel du large et l'envie de poursuivre ont été trop forts. Et elle l'a compris. Jamais elle n'a cherché à se mettre en travers de ce qui m'appelait.

Un vieux proverbe dit : « Femme de marin, femme de chagrin. » À l'en croire, celles et ceux ayant choisi de faire leur vie avec un navigateur vivraient dans la solitude, une éternelle angoisse, l'absence à perpétuité. Ce n'est pas la réalité de notre couple. Mieux, notre amour s'est nourri de ces absences. Celles-ci nous ont fait découvrir des formes oubliées de présence : s'écrire, parler de l'essentiel, se contenter de penser l'un à l'autre en sachant. Son secret ? Elle ne connaît pas ou peu l'océan et ses dangers, refuse même de les apprendre. Elle ne regarde pas les prévisions météo et ne tremble pas en voyant arriver une dépression et ses vents forts à mes trousses dans les mers du sud. Entendre ma voix et sentir ma sérénité à l'autre bout de la connexion satellite lui suffisent pour bien dormir.

Me reviennent en mémoire certains soirs de mon premier passage dans les mers du sud.

« Il y a beaucoup de bruit ! »

« Oui, j'ai 45 nœuds de vent. »

« Ah oui, quand même ! Bon courage et bonne nuit, je pense à toi. »

Je n'y serais pas arrivé sans elle. Je garde ainsi le souvenir de l'appel que je lui passais chaque matin durant mon premier Vendée Globe, du besoin, à mesure que la solitude m'emportait loin de la terre, de l'entendre raconter le quotidien, de percevoir le bruit des automobiles qui roulaient derrière elle dans la rue, affres de la civilisation que j'étais heureux de quitter pour le large. Pour mon premier tour du monde, elle m'a fait le plus beau des cadeaux : déculpabiliser mes absences, me faire ressentir la fierté de nos filles et le fait que le bonheur continuait chez nous, à la maison, même lorsque je n'étais pas là. Quand il fait froid, que les bourrasques bousculent et que j'ai peur, lorsque les ennuis s'amoncellent sur ma route, son soutien est le socle sur lequel je me repose pour ne pas sombrer. Pour tenir et croire aux heures meilleures à venir. En partant, je coupe avec tout… sauf avec elle.

Vivre avec un marin et voir notre amour perdurer malgré les tempêtes et les embûches de la vie, malgré le poids des années aussi, est une victoire métaphysique : celle de la coexistence de deux absolus que nous sommes parvenus à ne rendre ni concurrents ni conflictuels. L'Amour et l'Appel du large. Le lien qui nous unit et le besoin de partir loin derrière la ligne d'horizon qui me fait vivre. Pierre de Marbeuf dit magnifiquement dans un poème la proximité de l'amour et de la vie sur les océans.

« L'on s'abîme en l'amour aussi bien qu'en la mer,
Car la mer et l'amour ne sont point sans orage.
Celui qui craint les eaux, qu'il demeure au rivage
Celui qui craint les maux qu'on souffre pour aimer,
Qu'il ne se laisse pas à l'amour enflammer,
Et tous deux ils seront sans hasard de naufrage[1]. »

Il n'est pas simple de réussir à faire coexister l'être aimé et l'amour du large. Il n'est pas simple de partager la personne que l'on a choisie avec quelque chose d'aussi grand que l'océan, avec une passion aussi dévorante. Ma femme l'a réussi, elle. Est-il plus belle preuve d'amour que de laisser l'autre partir ? Que de poursuivre sa vie sans l'attendre et d'être sur le quai au retour du long périple planétaire ?

Heureuse Charlotte qui sait se contenter des bonheurs de la terre et qui a su, au fil des années, me les faire aimer avec elle. Aujourd'hui elle est mon port d'attache, ma raison de revenir, mon lien avec le monde habité. Elle incarne la perfection de la féminité selon Kierkegaard : « Une femme conçoit le fini, elle le comprend

1. Pierre de Marbeuf, « Et la mer et l'amour ».

radicalement, c'est pourquoi elle est superbe [...]. C'est pourquoi on peut dire que sa vie est plus heureuse que celle de l'homme, car le fini peut rendre heureux un être humain, l'infini, comme tel, jamais. Elle est plus parfaite que l'homme, car celui qui explique quelque chose est bien plus parfait que celui qui court après une explication. La femme explique le fini, l'homme court après l'infini[1]. »

1. Sören Kierkegaard, *Ou bien, ou bien*, II, Gallimard, coll. « Tel », 1943, p. 575-576.

« Ceux qui l'ont goûtée une fois
n'oublient pas cette nourriture.
N'est-ce pas, mes camarades ?
Et il ne s'agit pas
de vivre dangereusement.
Cette formule est prétentieuse.
Les toréadors ne me plaisent guère.
Ce n'est pas le danger que j'aime.
Je sais ce que j'aime.
C'est la vie. »

Antoine de Saint-Exupéry,
Terre des hommes.

Remerciements

Merci aux éditions Plon pour leur confiance et à Thierry Billard de m'avoir convaincu d'oser écrire ce livre, de mettre en mots tous ces moments et toutes ces émotions vécues au large.

Merci à Diane de Selliers pour nos échanges épistolaires quand je suis loin de la terre, et merci à tous les partenaires qui rendent ces aventures et ces rêves possibles depuis plus de dix ans.

Merci à Jean-Michel Salvator sans qui beaucoup de choses n'auraient pas été possibles.

Merci à mes parents qui m'ont toujours soutenu dans mes rêves et dans mes projets.

Merci à Vanessa.

Et merci à Charlotte, Joséphine, Louise et Garance de me soutenir, de m'accepter avec cette envie d'ailleurs et de donner un sens à chaque retour au port. Sans cet amour qui nous unit, rien ne serait possible.

Table

MIXTE
Papier issu de
sources responsables
FSC
www.fsc.org
FSC® C003309

L'éditeur de cet ouvrage s'engage dans une démarche
de certification FSC® qui contribue à la préservation
des forêts pour les générations futures.

Pour en savoir plus :
www.editis.com/engagement-rse/

Cet ouvrage a été achevé d'imprimer sur Roto-Page
par l'Imprimerie Floch à Mayenne en septembre 2020
Dépôt légal : octobre 2020 - N° d'impression : 96898
Imprimé en France